都市傳說 第二部 5
笭菁——著
「果然，還是死掉的才可愛！」
收藏家

都市傳說　第二部 5：收藏家

（※本故事內容純屬虛構，如有雷同，純屬巧合。）

楔子……005
第一章　新指導老師……011
第二章　失蹤的屍體……035
第三章　訪客……063
第四章　夜伏墓園……085
第五章　疑犯們……111
第六章　下午茶……137

第七章　人偶製造師……157
第八章　斗篷男人……177
第九章　突破……201
第十章　收藏家……225
第十一章　月光下的舞台……253
第十二章　活埋……279
第十三章　最後的報導……309
尾聲……327
後記……330

楔子

陽光透過蕾絲窗簾和煦的照在窗邊圓桌上，桌子鋪墊華麗的蕾絲桌巾，擺滿玫瑰圖案的英式白淨瓷壺，從茶壺、杯盤甚至是三層蛋糕架，全都是同款一系列。

桌上有麵包、糖果與蛋糕，男人小心翼翼的切下一小塊有著鮮紅草莓的蛋糕，放在玫瑰瓷盤裡，再擺上純銀的雕花湯匙，湯匙尾端亦有燒瓷的玫瑰圖案。

蛋糕放到了桌邊女孩的面前，女孩臉上罩覆著面具，渾身不自覺的發顫。

她透過面具的眼睛孔洞，看著男人愉悅的繼續切著蛋糕，一盤一盤的放到了一整桌的女孩面前。

這浪漫的午茶時光該是多少女孩子的夢想？桌上甚至還有鮮花擺中間，但是……她看著對面的女孩，與她一樣覆著面具，擱在桌上的手也被布纏住，這要怎麼吃下午茶？

身後傳來水滾的聲音，坐在她左邊的男人回頭瞥了眼。

「啊，水開了。」

挪動身子起身，他的動作總是令女孩緊繃起身子，發自內心的恐懼。

誰？誰來救救她？爲什麼沒有人發現她失蹤了呢？

怎麼會有人女朋友消失這麼多天卻沒報警？可是，她到底失蹤幾天她自己也不知道！

女孩雙手分別被綁在椅子上，手掌部分一樣被紫色的紗巾布重重纏住，包覆了所有指頭，繫在手腕上的繩子很緊，她完全無法掙脫。

男人回到她左側，手上拿著熱騰騰的熱水壺，沖進了茶壺裡，瓷蓋蓋上時發出清脆的聲響。

「茶要泡一下，等等就可以喝了。」男人語帶愉悅，轉身回頭將電熱茶壺放回去。

淚水滑出眼眶，女孩眞的不知道發生什麼事，她不懂自己是怎麼被擄來這裡，也不知道待了幾天，因爲她在今天之前都被關在黑暗中，而且她一醒來雙手就已經被纏住了，更誇張的是……她整個頭也都被薄紗纏住，她可以感受到臉上的障礙。

她不懂的是，這一桌除了她之外還有四個女孩，爲什麼她們都不反抗？每個女孩被裹上不同顏色的紗巾布，但她們都沒有被束縛，這麼多人怕打不過一個男人嗎？

「多棒的下午茶對吧？」男人語氣裡盡是愉悅，他沒有坐回來，而是走到女孩視線看不見的地方。

女孩想開口，想叫其他人跑啊！但是又怕會打草驚蛇，她……

音樂流洩而出，男人放了首搭配下午茶的鋼琴樂，完全的沉浸在美好的午茶宴會氛圍中。

「來！喝茶！」回到桌邊的他，一一爲女孩子們斟茶。

琥珀色的液體冒著輕煙，倒入玫瑰杯裡，其他女孩們依然不動聲色，甚至到了讓女孩覺得奇怪的地步，其他女孩們連點個頭都沒有啊！

「所以，」男人驀地轉向她，「妳來跳個舞吧！」

「咦？」她嚇了一跳，跳？跳舞？

「對啊，這麼棒的下午茶，這是歡樂時光呢，妳應該跳首舞給大家看的！」男人邊說，直接從桌上拿過了刀子，乾脆的割斷束縛住她雙手的繩子！

感受到手部一鬆，女孩只想逃跑，但是她連正門在哪裡都不知道……必須冷靜，亂跑只是把自己逼進絕路而已！

所以她被男人拉站而起，退到椅子後方的空地，她一轉頭，看見的卻是更多的小女孩們！或坐在沙發、或坐在地板看書……還有人坐在廚櫃上方望著她！

這麼多女生？這個男人綁架了多少人啊!?

「來，擺個美麗的動作……」男人開始擺弄她的身體，女孩下意識的想抗拒！好噁心！不要碰她！

「不要動！」男人突然咆哮出聲，緊箝著她的雙臂，「聽話！我讓妳擺什麼就擺什麼！」

「嗚……」女孩咬著唇嗚咽，男人粗暴的拉直她的右手肘關節往後扭，「啊……痛！會痛！好痛！」

男人竟把她的右手整個往後轉，那根本超出了關節能轉動的範圍，她開始掙扎抗拒，但是卻沒有辦法推開這個男的，而且他還用力的把她的手——喀！

「啊——啊啊！」感受到骨頭被扭斷，女孩放聲尖叫！

「閉嘴！」男人一拳直接往她頭顱側邊擊去，完美的避開了面具的範圍。

啊……女孩一陣頭昏眼花，整個人往旁邊倒去，摔在地毯上茶几邊，右手完全廢掉，跟著這樣的晃動搖擺著，徒增痛苦！

「嗚……嗚……」她只能用左手撐著身體，難以爬起身。

「噓——噓——」男人氣急敗壞的喊著，「閉嘴閉嘴！不要講話不要出聲……天哪！妳沒發現到整間屋子妳最吵嗎！」

她最吵？女孩扶著被強硬扭斷的手肘，是啊……她撐起身子才發現到她壓到了那個背靠著沙發在唸書的女孩，為什麼即使被壓住，對方也依然不動如山，連哼一聲都沒有？

而且，她被紗巾布重重裹住的手掌，又該怎麼翻閱那本書呢？

「爲……爲什麼？」她尖叫著打掉女孩手上的書，「妳們爲什麼不逃？」

書本越過她的頰畔，向後飛掠後落地，但戴著面具的女孩依然無動於衷，她的手連抖動一下都沒有，而是雙手懸空，維持著剛剛那夾著書的動作。

怎麼回事……這些女孩是……

嘰——一金屬刺耳聲陡然傳來，女孩嚇得連忙站起，她踉蹌的起身，惶恐的原地轉著，試圖將四周看仔細……門呢!?門口在哪裡？

終於，她看見了男人走來的腳，她驚恐的後退，看見那雙腳的逼近，還有他手上拿著的……鐽子？

鐽子尖端刮著地，發出令人膽寒的金屬聲。

「對、對不起……」她扶著右手哭喊著，抬起頭努力的看向男人。

救命！她看著男人身後的女孩們，依然端坐在圓桌邊的女孩，她們彷彿專注於那粉嫩的下午茶派對，沒有人回頭瞧她一眼。

這屋子裡只有她最吵，對……因爲只有她在講話，也只有她會動啊！

「果然，還是死掉的才可愛！」男人嘆了口氣。

什麼!?女孩一時以爲自己聽錯了，尚未回神之際，只見男人一把抄起了鐵鐽。

鏘。

第一章 新指導老師

未近盛夏的上午九點，陽光卻已經毒辣得如同正午，蔚藍青空未得一絲白雲，體感溫度超過了氣象預報的二十八度，在PU跑道的操場上，上升的熱蒸氣彷彿超過了三十五度。

有好幾個班選擇在籃球場上課，在操場的也就只剩兩個班級的學生，早上九點能準時出席的人也沒幾隻，老師點完名後直接說今天跑完十圈操場就可以自行解散。

學生們自然歡呼，男生們更吆喝著揪一起跑，早跑完就早閃人啊。

只是才跑完第一圈他們就體認到，這一圈四百公尺的操場要跑完十圈……不就等於四公里嗎！在這麼熱的天氣，根本後續無力啊。

「幸好老師沒有說不能用走的。」男孩們氣喘吁吁，早已汗流浹背。

「他自己都在樹下納涼了好嗎！」一群學生不由得看向右邊看台下的老師，正與另一班的老師聊天，而他們的學生，就是一整票在操場上「散步」。

唰！一陣風掠過，嬌小的身影再度奔過他們身邊，全白的挖背背心與短褲，頭上繫著金色的頭巾，早就是醒目的焦點。

她醒目，不在於她那結實的腿或是一身健壯的肌肉，而是——他們上課前，這個女生就已經在操場上了！

「哇靠！她是跑幾圈了啊？」任誰都忍不住討論，從他們點名前就跑到現在耶！

「我看她也沒很喘啊！速度是沒很快啦，但是她超多圈了！」

「搞不好人家田徑社的啊！只有這種解釋啊！」

呼……汪聿芃戴著耳機，心無旁騖的穩健奔跑，這是她近一個月來增加的基本訓練，除了每天固定要跑操場二十圈之外，還要額外增加重訓，務必讓自己呈現最佳狀態。

今年起她想回到跑道上，繼續參加各種比賽，而且她想試著除了短跑的爆發力外，她能不能跑馬拉松呢？

耐力是關鍵，她必須好好鍛練，還有很長一段路要走。

而且……她認真覺得，她參加的社團，需要一定能力的體能啊！

思及此，握緊了雙拳，剩下最後一圈，看自己還有多少體力衝刺吧！

「喔喔，越跑越快了！」男孩們留意到了，「幹！她怎麼突然跑起來了？」

眾人莫不緩下了步伐，看著汪聿芃咬緊牙關扭曲著臉，做最後一路的衝刺──到！

「呼……」跑過了終點線，她緩速的往前慢跑去，並未立即停下，而是變成慢走，看了一下手錶，離職業水準還差得遠咧。

她不喜歡……那種近在眼前、卻得耗盡氣力才能奔跑到目的地的感覺。

上氣不接下氣，汪聿芃調整著呼吸，感受著心跳的疾速，上一次社團的社員小蛙遇上了怪異的都市傳說，她永遠忘不了那些不停移動的牆面與電梯，在那個沒有出口的走廊上，電梯是唯一的生路。

而她，所謂縣代表短跑冠軍，卻必須靠腎上腺素才能在最後一秒衝進電梯裡。

跟生命比賽時，她希望自己能有百分之百的把握，她不想再經歷那種恐懼、慌張、背水一戰的心情了！

「我應該也要去練一下防身術吧……」逕自碎碎唸著，「至少要能反抗或是瓦解吧……」

除了單獨一人在未知環境裡的無助、面對遺體外，她覺得令她想起來還會後怕的，卻是「人」。

幾個陌生人，因爲奇怪的理由殺人，再爲了想掩蓋罪行繼續殺害無辜的人滅口，彷彿殺紅了眼，最後深怕在探索都市傳說的他們會發現命案，所以乾脆連他們都殺。

凶狠的眼神，可怕的刀子，大人們殺氣騰騰的持刀揮舞，甚至架著同學，那一幕幕比看見腐爛的屍體、比在沒有盡頭的走廊上還令她難忘。

或許因爲「人」是每天都會見到的吧。在沒有任何結怨的情況下就想殺人，這未免太可怕了！而且後來也發現，他們只因爲怕被發現殺死某一戶的債務人，而殺了一整層樓的人。

無辜的年輕ＯＬ上班族、慈祥與世無爭的老夫妻……

「哇——」

後方一陣譁然，驚呼聲與掌聲四起，讓正在討論汪聿芃的學生們即刻回頭，操場旁就是籃球場，現在那邊聚滿了一大堆人，驚呼聲此起彼落。

「怎麼？」學生們好奇眺望，「大家都過去了耶，根本看不到裡面！」

「好像有很厲害的人在打球！」大家直接放棄跑操場的功課，紛紛往籃球場那兒奔去。

汪聿芃調節得差不多，也恰好走到自己擱東西的看台邊，拿起水瓶咕嚕咕嚕的喝了一大口，她當然知道在那邊造成騷動的傢伙是誰。

她重回跑道，是因爲跑步是她最擅長的方式，自然以此爲鍛練；而對於童胤恒來說，大學前都是籃球校隊的他，籃球場自然是他的天下囉！

不過他們現在也有約著一起去健身房重訓了，他跟她有一樣的體悟，他們在大學廢太久了，過去的體能狀態都已經消退，是時候重返巔峰了。

「童子軍！」在籃下的陳偉倫大喝一聲，雙手高舉！

三分線外的童胤恒正穩當的運球，眼前人高馬大的對手正隨時準備攔截他，更不要說籃下現在都是敵方，在這裡投三分球只怕敵不過，但要殺進籃下……就得考驗一下能耐了！

「傳球啊！」後衛喊著，童胤恒根本不理，突然向右閃身繞過了對手，直切籃下。

左閃右躲，甚至原地轉了三百六十度硬切到籃下，剛剛就在籃下的隊友也趕緊上前擋住其他欲搶球的敵方，僵持不下之際，童胤恒看準了時機，直接向後彈跳而起——半空中扭腰閃過要蓋他火鍋的敵方，右手的籃球硬是從敵手的後腦杓輕輕向後拋。

啪沙！籃球過網，計分表向上加了兩分！

嗶——時間到，比賽結束！童胤恒這隊狂贏了三十分。

「喔耶！」陳偉倫瘋狂大吼著，上前就跟童胤恒用力擊了掌！「幹！童子軍！你真的不想回籃球社嗎？」

陳偉倫，籃球社社長，也是童胤恒同班同學。

「不想！」童胤恒毫不猶豫的回答著，老師兼裁判正宣布童胤恒這隊獲勝。

「搞什麼啊，也太浪費才能了吧！」陳偉倫向來很有恆心，死纏著童胤恒不放。

他不想理他，笑著走到一旁喝水，附近一票女生莫不投以欣賞的眼光，圍觀的同學們更是連聲叫好，壯碩的身材，濃眉剛毅，童胤恒雖不是花美男的模樣，但卻相當的具有男人味。

拿起毛巾隨手擦了擦汗，推開一直繞在旁邊跟蜜蜂一樣吵的社長。

「好了，你講一百遍我也不會入社好嗎！」他往場外去，學生們還在討論這傢伙是誰？難道是趁籃球隊訓練來單挑的嗎？

「你……你參加那叫什麼社團啊！現在都是人人喊打的了！」

童胤恒無所謂的聳肩，走出籃球場外，一樣披著毛巾的汪聿芃也在那兒等他了。

「同學！同學！」有老師突然追來，叫的是汪聿芃。

她疑惑回頭，她是來練習的，不是那個班的學生喔！老師該不會以爲她要翹課吧？

「妳跑得不錯耶，要不要參加田徑社團？」

「不了，我有參加社團了！」汪聿芃直接搖頭。

「啊？不是田徑社嗎？妳參加什麼項目？馬拉松？短跑？還是……」

汪聿芃面無表情的歪著頭，「都市傳說社喔！」

哇！現場訝然。

「我也是。」童胤恒朗聲回應，帶了點驕傲。

越是在這種艱難情境下，他越以身爲「都市傳說社」的一員爲傲，汪聿芃更是如此，他們無法理解明明才因爲都市傳說進而揭開一件無人知曉的命案，爲什麼下場跟學長們差很多？

以前「都市傳說社」意外發現屍體或是破命案時，都是得到驚奇與讚賞，他們現在卻完全是過街老鼠的情況。

前不久小蛙當外送，卻遇上都市傳說的「外送」詭異狀況，收到冥紙不說，還有一個遠得要命社區，專門喜歡叫外送，接著外送員先收到冥鈔、一不小心又在社區裡迷路，小蛙的同事甚至死於非命，這讓他們留意到曾發生過的都市傳說事件。

接著更發現給予冥鈔，是因爲那些叫外送的人已經不在人世了，但是卻沒有人報案、也根本不知道自己已經死亡；最終小蛙、汪聿芃、童胤恒跟社長康晉翊等人在遠得要命社區裡求生，副社簡子芸在外頭協助，裡應外合之下終於打開了連結的出入口，讓他們得以回到自己的世界。

簡子芸也趁機報了警，爲的就是讓警方能夠察覺到死亡多日的命案，連帶發現整層樓其他住戶的無辜慘死。

失蹤的外送員帶不回來，但至少他們覺得協助破了一件案子，警方後來也循線往下追查討債集團，主要凶手自然是找不到了，因爲他們也在那個遠得要命社區裡……可能正飽嘗餓死的滋味，再也回不來了吧。

「蔡志友傳訊來，說社團裡現在很嚴肅！」童胤恒看著手機皺眉，「開會嚴肅什麼？」

「誰知道！我聽說那個粉專又寫我們的壞話了。」汪聿芃嘟著嘴，就是不太爽。

「康晉翊不是叫大家不要理嗎？黑粉寫的東西能看嗎？」童胤恒嘆口氣，毛巾已被汗水浸濕。

從之前責怪「都市傳說社」造謠生事後，現在更出現「反都市傳說社粉絲專頁」，裡面一堆黑粉指稱他們怪力亂神到妄想症的地步，所謂都市傳說都只是他們在嘴，裡頭的經歷都是創作文、都是小說，還唬爛得一篇比一篇精彩。

失蹤的人就只是失蹤人口而已，硬要扯都市傳說就太假了，而且最近寫什麼遠得要命社區？什麼幽靈船船長？到底誰看過？

看過的都是「都市傳說社」那些創作文作者啊。

最令人生氣的是他們甚至寫出：「學長姐就已經騙過一次了，連創始社長失蹤都能拿來做文章，還想騙多久？」

看到這句話時，連一向溫柔的簡子芸都快把玻璃杯捏爆了。

「很難不去注意耶！」汪聿芃越說越不高興，「我們在那兒跑電梯跑得九死一生，他們說我們是創作文？」

「康晉翊說了，越理踩那些黑粉只是越囂張而已，他們就是喜歡躲在網路後面攻擊別人啊！」童胤恒拍拍她，「網路的發達，就是間接滿足人類殘虐的欲望啊！」

匿名攻擊、酸言酸語，每一句話不都是爲了傷害別人而存在的嗎？完整呈現了人性本惡的一面，如何殺人不見血、如何摧毀一個人、痛罵一個人而不受任何管束？

那就是網路了。

這些極盡所能傷人的酸民與貼文者，卻絕對不敢面對面這樣說，只敢躲在網路後面，得意的看著對方生氣、期待對方傷心哭泣，越是能用話語將對手千刀萬剮，酸民便會越欣喜若狂。

這不是殘虐的本性，又該是什麼？

最可怕的是，這些人說不定現實生活中還是個好好先生或天眞爛漫小女人呢。

「我眞希望他們也遇到都市傳說。」汪聿芃認眞的看向他，「然後我們都不要幫忙！」

「我做不到。」童胤恒一秒反駁，「妳知道我個性的，無法見死不救……妳也不可能好嗎！妳的集點卡嗷嗷待哺咧！」

「噢！」汪聿芃哎唷了聲，對啊，如果又有新的都市傳說發生，那她……好像不能坐視不管厚！

不是爲了那些人，是爲了想看到更多都市傳說！

不過……她咬著唇，拿起肩上毛巾擦汗，其實繼上次事件之後，她好像開始有一點點怕都市傳說了。

都市傳說社團辦公室位在舊式鐵皮屋區，久遠以前學校社團起源地，鐵皮屋區只有一排隔間是社團，社團前方的大片空地供大家自由運用；社團分別是熱舞社、話劇社及演辯社，而「都市傳說社」，就搬到西邊邊角，最後一間。

由於最近接連碰上都市傳說，所以社員急速增加，硬被康晉翊控管，他不希望一堆愛跟風看熱鬧的人來參加，進行嚴格篩選與審核。

他讓眞的很感興趣的人另外成立二社，但核心社員就他們這幾個，不論社團興衰卻依然不離不棄的這幾位；每週挑一個大家都沒課的時段聚會，主要也是爲了與二社的幹部們多接觸，不然平常沒事時，他們幾個元老級的本來就會往社團跑。

今天早上就是社團會議，主要幹部十點到十二點沒課，會與二社幹部一起開會，談談社團事務、聊都市傳說或是有人聽到疑似都市傳說的傳言。

走進鐵皮屋時，童胤恒就留意到不對勁了，因爲在最邊緣的都市傳說社門口，聚了幾個應該是隔壁社團的人。

「噢。」男孩轉頭，果然是熱舞社的，一見到童胤恒立刻指指裡面，表情嚴肅的搖搖頭。「出代誌了喔！」

他用嘴型警告著，這位熱舞社的很常在外面練舞，大家彼此認得也不意外。

童胤恒頷首表示知道了，先推著汪聿芃往社辦裡走……結果，這哪是什麼幹部大會！整間社辦塞得滿滿的，二社的人全部都來了！

他們辦公室也才八坪大，一進門後便是較正方形的接待空間，具有沙發茶几電視，再往裡頭以一張架子隔開裡面的「辦公處」，那兒兩張辦公桌呈垂直相連，一張是正對著門口的社長桌，以及與其成九十度、落於右方的副社長桌。

辦公桌身後都是靠牆木架，上頭擺了不少社團的雜物，還有許多塑膠椅凳及折疊桌。

現在光接待區就塞得水洩不通，每個人有地方站就卡位，幾乎都要沒位置了。

「借過一下。」汪聿芃不解的出聲，許多人紛紛回頭。

「啊，是外星女！」大家當然知道他們是主要成員，紛紛讓路。

原來社長康晉翊利用椅子在沙發區與辦公區間隔出一條楚河漢界，不讓社員擠進辦公區裡，除了維持一個空間外，兩張辦公桌範圍有電腦也有大家的包包，總是要安全點。

更重要的是……童胤恒留意到社長的辦公桌，也就是面對門口那張桌子上，坐了一個陌生人。

「童子軍！」蔡志友一見到他即刻上前，把椅子拉開讓他們進來。

「那誰？」他還沒問，汪聿芃倒直接指著男人問了。

「指導老師。」蔡志友附耳低聲，眉頭緊鎖。

「指導老師？」童胤恒還以爲自己聽錯了，驚愕的重複一次。

蔡志友無奈的點點頭，小蛙拖了張折疊椅靠在角落打電動，一臉不高興，而與社長辦公桌垂直位置的副社位子上，坐著懶洋洋的康晉翊。

「笑一個！」旁邊突然閃過人影，汪聿芃跟童胤恒一臉呆樣之際就被拍下。

「嘿！」女孩開心的看著相機，看來挺滿意剛剛的照片，「你們兩個好呆萌喔！」

與童胤恒高中同校的于欣，校刊社，高挑帥氣且標緻，特立獨行，火紅的頭髮搭上密密麻麻的耳環，向來顯眼。

童胤恒看著她到處拍，忍不住上前，「于欣，妳來這裡幹嘛？妳不是我們社團的啊！」

「我校刊社啊，採訪消息。」于欣，是童胤恒同班同學，「我以爲我是都市傳說社的御用記者了耶！」

「御妳的頭，我們社團被攻擊，妳脫不了關係！」童胤恒不客氣的把她往椅子界線邊推去，「出去啦，再怎樣也不能在我們幹部區！」

每次發生事件都因爲同學的關係，讓于欣做第一手報導，結果她每篇報導都寫得模稜兩可，最後還會加個是否眞實？是否只是一種手段？畢竟都市傳說根本是無法考證的叭啦叭啦……

「我報新聞要中肯啊！我不能明確的支持任一論點啦！而且你們這個又沒實證可以證明！」于欣嚷嚷，焦急轉頭子回頭，「社長～社長～」

「好啦，童子軍，是我讓她進來的！」康晉翊終於起身，他看起來倒是風平浪靜，「反正這件事是學校交代的，還要慶幸學校找了個認識的人來報導！」

「學校交代？」汪聿芃根本一頭霧水，「我們社團開會爲什麼學校要找校刊社報導？」

康晉翊挑了挑眉，眼尾朝老師一瞟，「因爲我們有一位指導老師了。」

社團都要有指導老師，這是規定，但是他們記得社團一直是由英語系某老師擔任，已經好幾年了，是個非常好的老師，因爲完全不會干預社團事務……呃，嚴格說起來，根本沒人看過他。

彷彿知道大家在討論他，老師看著他們笑了笑，「好啦，十點了嗎？開始開會後我會說清楚的。」

「再兩分鐘。」康晉翊禮貌的說，「主要幹部就我們幾個。」

「好。」老師站了起來，意外的挺高的，剛剛坐著時完全看不出來會超過一百八十五啊。「你是社長康晉翊嘛，所以妳是副社長……簡子芸嗎？」

老師手上拿著一張紙，應該是社團名單，扶了扶無邊眼鏡，看向汪聿芃。

她即刻搖頭，「我這樣子像副社嗎？」

不像，童胤恒把她推到邊邊去，大家都知道不像，可以不必自己講得這麼理所當然。

「副社長是簡子芸，她請喪假。」康晉翊趕緊解釋，「她有親人去世，所以今天早上沒法參加會議。」

「喔，好……所以妳是汪……汪聿芃！」畢竟女生不多，老師也沒多少選擇，「童胤恒是哪個？」

童胤恒舉了手，老師一一點名，現場竊竊私語聲音非常大，形成一種嗡嗡嘈雜的耳鳴。

「好了好了！」老師擊了掌，「安靜，這裡這麼小，每個人都說話會很吵！」

小蛙呿了聲，這裡是社團，又不是教室，管什麼秩序，他深怕老師沒聽到，冷哼得超大聲。

依然隨意坐著，繼續打他的手遊。

老師轉頭瞥了他一眼，無奈也沒說什麼。

「我知道你們不太懂發生什麼事，我先說我個人沒有針對性，擔任指導老師也絕對不是我自願的。」老師倒是開門見山，「我叫廖軍哲，生科系，你們之前的王老師上星期正式被解除都市傳說社的指導老師一職。」

「爲什麼啊……現在學期中耶！」

「而且指導老師對社團有什麼影響嗎？幹嘛特地換？」

「最奇怪的是今天叫大家來是什麼意思吧？」

一眾人又開始交頭接耳，反而是辦公室的主要幹部們一個字都沒吭：以不變應萬變，是他們最高原則。

莫名其妙換指導老師，還召集大家開會，連校刊社記者都請來，更不要說旁邊還有一支直播鏡頭，這怎麼想都有問題。

「聽我說——」廖軍哲聲音竟宏亮異常，「都市傳說社的狀況大家應該都知道，學校當然是秉持社團自立，但檢舉函實在太多，也已經有人來關切學校是不是放任社團過度，造謠生事，還有學生因此怕到不敢上學——」

「有沒有搞錯啊！那是那些人的事啊，自己脆弱怪別人？」

「都市傳說發生又不是我們造成的！」

「寫事實也有錯？我們相信有都市傳說，我們也相信有人遇到都市傳說，你們不信你們的事！」

「對啊，這樣就說我們是創作文？那用這個論點來吵，爲什麼不去質疑死亡三天會復活的人？」

「喂，不要扯宗教吧！」

「我是舉例！信的人就會信啊，不能說你不信就攻擊他人吧！」

眼看現場又吵成一團，康晉翊眞是無奈，只好上前高舉雙手，「請大家安靜——讓老師一次說完再討論好嗎？」

社長就是社長，即使不滿情緒高漲，大家還是看他面子隱忍下來。廖軍哲見現場控制後，再繼續接著說。

「學校有學校的立場，因爲有家長抗議，也有人在檢舉，我們不能坐視不管，必須做出一些處置，但又不希望傷及社團。」廖軍哲指指自己，「大家一定要先理解這件事，我們必須找出折衷點。」

折衷點，汪聿芃皺了眉，「別的社團就沒有喔？」

廖軍哲瞥了她一眼，點點頭，「是，因爲別的社團沒被檢舉。」

簡直莫名其妙嘛！汪聿芃還想說些什麼，童胤恒大掌一按上她的肩，這是個開關動作，意思是：先不要說話。

「一點都不難，首先你們必須審愼發文，並且要給我管理員的權限，發出的文章我都必須先審核，我覺得ＯＫ後才可以發表——先讓我講完。」廖軍哲留意到學生的不滿躁動，「過去的文章有些必須修改，否則就隱藏，而且你們也不能用其他方式引起恐慌。」

「這太……」康晉翊緊握雙拳，不滿的就要抗議。

「這不對吧，這根本就干涉社團事務了！」

結果一旁那個拿著相機拍最久的女生率先開口，口吻絕對不客氣。

廖軍哲怔怔的望著于欣，這位不是來採訪要寫成新聞在校刊發表，以「堵住悠悠之口」的記者嗎？

「社團的用意是使學生於模擬社會中發展，在不違法的前提下本來就能自主運作！」于欣一開口就侃侃而談，「今天都市傳說社本來就是因應都市傳說而生，社群網站講得自然還是都市傳說，這是理所當然的，而且他撰寫的文章沒有煽動，單純敘述——就算是創作文，那也是個人自由！」

……現場先是幾秒的沉默，因為一開始被歸類到「校方」的于欣，突然間發表高論，還站在他們這邊，讓大家一時反應不及。

「對——說得好！」

「怎麼可以連寫什麼都要干預！我們又沒有違規！」

康晉翊下意識看向童胤恒，那是他同學，他應該比較瞭吧。童胤恒正忍笑忍得辛苦，悄悄示意大家都不要說話，于欣開口的話，大家就不太需要做什麼補充了。

「因爲造成恐慌了。」廖軍哲耐性的說著。

「我沒有覺得恐慌啊，我看到的是提醒，正如很多人說的，信者恆信，都市傳說社團從幽靈船開始，是提醒大家盡量少出現公共場合，因爲以都市傳說而言，幽靈船沒收滿命是不會走的，這不是恐嚇、不是威脅，而是提醒！」于欣還怕直播找不到她，走到鏡頭拍得到的地方，「我追蹤過整個系列，根本是有心人……噢……」

她突然轉向鏡頭，嘲諷一笑，「或說是膽小鬼自己不知道在害怕什麼，把自己嚇得屁滾尿流，再回來責怪都市傳說社！」

廖軍哲顯得無力，「我一開始就說了，我不是自願過來的，我對都市傳說社沒有任何成見！我還是抽籤抽到的！」

「你身爲老師，學校開會時不是就應該質疑這個做法的正當性嗎？你們這是在限制社團發展，妨礙言論自由！」于欣毫不退讓，咄咄逼人，「各位，今天如果都市傳說社被這樣限制了，下一個就輪到你們社團了，學校竟想要掌控言論！」

群起譁然，現場瞬間吵翻了天！

「有人檢舉，理由也要正當，學校更應該詳查，不該淪爲他人的打手！」于欣正面對著直播鏡頭，振振有詞，「這樣我們每個人一天都來檢舉五個社團，學校就要進行全面管制嗎？」

「對呀！太過分了！」

「到底憑什麼啊！」

「那些黑粉有本事現在就過來，不要只會躲在螢幕後面！」

廖軍哲完全不知道該如何插話，而小蛙不知何時已經停止了打電動的動作，下巴眼看都快脫臼了，康晉翊傻眼的看著持續在直播鏡頭喊話的于欣，甚至阻止想要關掉手機的廖軍哲。

默默的朝童胤恒看過去，他兩手一攤：就說吧。

「哇！」汪聿芃終於在幾分鐘後，報以熱烈無比的掌聲，雙眼投以崇拜眼神，「太棒了！妳說得太好了！」

啪啪啪啪！掌聲如雷，但這LAG五分鐘的掌聲來得突兀，反而換來一室寧靜，以及打斷了于欣的慷慨激昂。

「就是這樣！妳好厲害喔！」汪聿芃忘情的上前，緊握住于欣的雙手，「明明是眞實發生的事，我們爲什麼要隱瞞？都市傳說社本來就是研究都市傳說，爲大家探討的啊！」

「……對！」于欣擠出笑容，越過汪聿芃看著同學，童子軍？

「我們遇險遇難，甚至也有過九死一生，這都是寶貴的經歷耶！」汪聿芃倏地一轉頭，凌厲的看向直播鏡頭，「不要自己沒有機會遇到就在那邊反對！」

呃……童胤恒跟康晉翊飛快的上前把汪聿芃拖離鏡頭前，他們認眞覺得，攻擊者絕對不是因爲「酸葡萄」心理，因爲應該沒有很多人希望遇到都市傳說吧！

學校的如意算盤打得太完美了，原本以爲出動一個指導老師全面監控「都市傳說社」的言論與發文，再用直播讓大家安心，最終再讓社刊登校方處理事情的經過與結果——然而一切都被校刊社派去採訪的于欣給搞垮了。

兩個小時的大會，掀起的大浪是學校始料未及，學生會最先發難，抗議校方意圖箝制言論自由，其餘各社團及學生都紛紛響應，不敢相信連社團發文都要經過指定的老師審核才能放上去！

于欣的個人社群網站下午一點立刻以一個斗大的標題，瞬間獲得上萬個讚：「思想箝制，獨裁主義瀰漫校園」。

童胤恒看著手機，有些無言以對。

「于欣是不是鬧得太過了啊？」坐在沙發上的他忍不住出聲。

早上吵到十二點，康晉翊就把其他人都請離開，社辦需要淨空，他們要討論事情，因爲眞的太吵了，任誰都無法靜下思緒；再者也有太多人來看熱鬧，所以逼得康晉翊不得不關上大門。

「我也嚇了一跳，你們沒商量好嗎？」蔡志友抱著便當，非常訝異事情的進展。

「誰會商量這種事啊，于欣之前的報導都亂七八糟，不過她說得也對，她是校刊記者，言論本就不能偏頗，更何況我們的確不能證實都市傳說存在啊。」康晉翊嘆了口氣，他癱坐在童胤恒身邊，不知道爲什麼覺得好疲倦啊啊！「但我沒料到她會來這招……童子軍？」

「我不知道喔！雖然同班但我們很多課沒在一起啊，更別說她超忙的，校刊記者耶！」童胤恒立即否認，「說到底這是于欣個人行爲。」

「馬的很厲害耶！還直播，直接反轉。」小蛙一夕之間變成超欣賞于欣了，「而且她都故意用很聳動的言論，箝制啦、封閉啦、獨裁之類的，故意來壓學校耶！」

「單就這點而言，我就不會懷疑她以後當記者的潛力！」這句話童胤恒可是出自肺腑之言！

眾人忍不住笑了起來，知道童子軍話裡藏的諷刺意味，康晉翊瞥向關閉的社辦大門，那兒有個人影正瞇著眼朝門縫偷窺。

「汪聿芃，妳在看什麼？」

汪聿芃回首，那雙眼亮得很，「好多人耶！」

「妳門不要開太大，等等那堆人又想進來。」小蛙不耐煩的說著，「關門啦！」

「我們社團難得這麼熱鬧耶！」她好可惜的口吻。

「是厚！這種熱鬧我一點也不想要！」康晉翊忍不住翻了個白眼，「小蛙！」

小蛙即刻站起來，把汪聿芃拉離門邊，砰的把門給用力關上；她還一副不情願的樣子，轉身走回茶几旁。

「坐啦，這種熱鬧眞的不好。」童胤恒朝旁挪了挪，「于欣這麼一搞對我們也不一定是好事，只是暫時扯開焦點而已。」

「對，黑粉那邊很積極喔，像被激怒一般！」蔡志友不停滑著平板，「不過目前是在戰于欣就是了！」

「那是不是不必太擔心？」康晉翊輕笑出聲，「我看于欣也是戰士一枚。」

蔡志友跟童子軍同時點頭，既然她敢使這招，應該就表示她沒在怕後續的效應。

黑粉的相關事情康晉翊是叫大家都不要去看，免得被激怒而回應，一回應就等於給大家抓到機會反擊，而蔡志友卻負責觀察黑粉，因爲他隱約察覺跟他之前的「科學驗證社」脫不了關係。

只是康晉翊不想知道，也沒必要知道，但如果對方有什麼過分的大動作，有個人留意總是好。

門被輕敲了兩下，過一會兒門把轉動著，所有人立即警覺的直起身，接著看見熟悉的女孩打開門。

「果然是這種景況！」長髮女孩走了進來，是副社長簡子芸，「外面可熱鬧了。」

「妳怎麼這麼早就……」康晉翊話到一半頓住，因爲那跟在簡子芸身後進來的不速之客。

指導老師。

第二章 失蹤的屍體

廖軍哲跟著簡子芸進入，她挑著眉表示那是他們社團的指導老師，沒理由將之拒於門外吧！

「好了，我知道你們不是很想見到我，但事情搞到這麼糟，真的對大家都沒好處。」廖軍哲倒是識趣的把門鎖上，「你們這是在跟學校對著幹。」

「是校刊社的……」蔡志友推責一流，「我們也沒想到她會這樣。」

「但起火點還是你們啊……教務處氣急敗壞的跟我說，事情不變，你們發文還是得經過我審核。」廖軍哲嘆口氣，「我再次重申，我不是自願來這裡的，我對你們完全沒意見！」

康晉翊也知道指導老師是無辜的，但對於校方的堅持，他就是沒來由的一陣無名火，深吸了一口氣就要上前理論。

「康晉翊！」童胤恒不想他們起衝突，上前連忙拉住他，「廖老師也是身不由己！」

「對對對對！這句話用得好，下下籤耶！」廖軍哲說得直接，小蛙好氣又好笑，這樣說來當他們社團的指導老師是大凶喔？

「是啊，不必為難老師。」剛放下包包的簡子芸回身，說得大器，「我晚點會開權限給老師，老師先加一下好友吧！」

簡子芸!?康晉翊不可思議的看著她自然的上前，與廖軍哲交換帳號，網站是她管理的，自然能開權限，但好歹也要跟大家討論一下吧？現在學校才是在風口浪尖上，他們怎麼能這麼輕易的就把言論自由交出去？

「這樣的都市傳說社就太無聊了。」汗聿芃不平發聲，「連寫什麼都要人管？小蛙是眞的收到冥紙，那老師你看到會改掉嗎？」

廖軍哲望著汪聿芃，幾分遲疑，卻半晌答不出話。

「如果老師覺得有必要，就改吧。」簡了芸從容不迫，「因爲我們現在只有兩個選擇，發文與不發文。」

她回首看向大家，這個選擇題不難吧？

「我們就是外送到一條沒有出入口的地方，冥紙我親手收的，啊不然你想改成怎樣？」小蛙不爽的用嗆聲的態度對著廖軍哲低嚷。「馬的還有兩個殺人犯跟在我們後面咧！」

「是啊，或許我寧願不要發文呢！總比發謊言好！」康晉翊擰緊眉心，但仍維持禮貌。「講個都市傳說都會受阻，我眞沒想到這是民主國家。」

「學長會生氣的。」汪聿芃眞心覺得難過，「他是眞的在如月列車上！」

廖軍哲詫異的看向她，帶著點困惑。

「夏玄允，嗯……失蹤人口。」童胤恒嘲諷的說，「但汪聿芃眞的在如月列車上看過他。」

「我跟他都見過血腥瑪麗。」汪聿芃再加碼，只是想證實都市傳說是眞的！他們都遇到過！

但這其實沒什麼用吧！在一旁的蔡志友有點煩惱，因爲那些黑粉是有立足點，「都市傳說」這種事本來就有點類似怪談、鄉野軼聞，人們相信鬼神信仰或恐懼或依託或有所求，但對於都市傳說？多半都是當茶餘飯後的話題罷了。

沒人親眼看過，過去學長姊們拍到的照片也被人說是P過的，總之，這是個「眼見爲憑」的世界，所以汪聿芃跟童子軍說得再多，也沒有證據啊！

「大家不要白費氣力了，我們只是學生，社團也只是課後的一個組織，怎麼跟學校鬥！」簡子芸儼然站在校方那邊，「現在什麼都是二選一，發文或不發文，要留下這個社團或被廢社！」

什麼!?大家聽到了關鍵字，廖軍哲緩緩點了頭。

「幸好還有頭腦清楚的同學。」他滿是稱讚，「想得是有點遠，但方向無誤啊！」

「學校想廢社？」童胤恒更加不可思議，「這太黑了吧！」

「不不……簡子芸說得有理，社團規定那麼一大串，大家都很少在遵守，學校眞的要找碴根本很容易！」康晉翊突然明白簡子芸的用意，「只要有心，違規到達一定次數，社團就會被廢掉，根本光明正大。」

「我不喜歡。」汪聿芃緊咬著唇，忿忿的深呼吸。

「這已經無關喜好問題了，看來得避過這次風頭再說。」康晉翊滿是無奈，「只怪我們選了一個沒是非的學校，黑粉猖狂，校方不明是非的跟著起舞，倒楣我們這些犧牲者了。」

廖軍哲失聲而笑，「話也不必說成這樣，過一陣子說不定就好了。」

小蛙連聲髒話，不爽的踢著附近幾張椅子出氣，蔡志友雙手一攤，這是沒辦法的事情，識時務者爲俊傑嘛！

老師很高興有了共識，大大的鬆一口氣。

「廖老師，」簡子芸望著他，「那你相信都市傳說嗎？」

廖軍哲面對這突如其來的問題，不免一怔。

這是在拉票嗎？汪聿芃眨了眨眼，如果老師也相信都市傳說的話，說不定對他們的事情就會睜一隻眼閉一隻眼？

「我科學派的，妳說呢？」他尷尬一笑。

「這跟科不科學有什麼關係！信或不信啊？」汪聿芃積極的上前，「老師，我跟你說厚……」

「妳不必跟我說！唉，我剛剛才上完解剖課，實事求是，其實都市傳說就是口耳相傳的怪談，你們也知道啊！」老師搖了搖頭，「但是，我尊重你們所言、所遇及所見。」

簡子芸若有所思的點點頭，康晉翊覺得她一定在盤算什麼，只是現在不便說。

「對了，妳是副社長吧？」廖軍哲看著手機裡的資訊，「簡子芸，對，我記得這個名字。」

「嗯，我上午請喪假，之前跟社長說了。」

「喪假……是誰出事了嗎？明天就是星期五，妳應該可以請到下星期的。」廖軍哲關切的問。

「噢，是小堂妹，才六歲，但老實說沒有很熟。」簡子芸倒也實話實說，「今天下葬，上午儀式完成我就回來了，明天有必修課我不能錯過，反正O市也不遠，我假日再去上個花就好了。」

「在重整過的第九墓園嗎？」意外地，康晉翊似乎也很熟。

其他人都是外市鎮的人，根本不瞭解。

「嗯，第九是新區，位置很多都不必排就拿到了。」

「妳也太認眞，要我能放假我才不想回來咧。」小蛙說得實在，「看來你們眞的很不親。」

「才六歲？怎麼這麼小？」廖軍哲皺起眉，「意外？」

「對，車禍，路邊停車的白目沒轉身看後方就開車門，小嬸騎機車載堂妹要去補習，閃避不及就摔了。」簡子芸只是感嘆生命的脆弱，「小嬸傷不重，但小堂妹當場就死了，跟她的小提琴一樣四分五裂……」

「小提琴？」康晉翊有點驚訝，這麼小就學這麼難的樂器。

「是啊，靈堂上還擺了那副硬黏起來的小提琴，送她最後一程。」簡子芸苦笑著，「也就這樣了。」

一旁的汪聿芃看著若無其事的她，贊同的點頭，「妳們果然沒什麼交情厚！眞的不必演。」

小蛙歪了嘴，「又在說什麼？演什麼？」

「就沒感情還要演得很傷心啊，或是什麼感同身受的，你們不覺得很多人有時很假嗎？」汪聿芃一臉無力的看著天花板，「可是人們都喜歡看這種戲。」

噗……最先笑出來的不是當事者，令人訝異的竟然是廖軍哲。

「這話說得實在，妳是汪……汪聿芃吧。」老師笑著輕嘆，「但我們的社會就是這樣，處在一種虛僞當中，如果不表現悲傷，就會有人說連假一下都不會，不懂得做人！」

「我就是不懂啊！」汪聿芃說得實在，一雙眼無辜到理所當然。

這讓廖軍哲跟她大眼瞪小眼，嘴角揚得更高了，「妳挺有趣的。」

「老師，她電波不在地球上，你不要跟她抬槓。」蔡志友趕緊說明，「她都想一些奇怪的事，不然就很跳TONE！」

「這不錯啊，很熱鬧。」廖軍哲頓了幾秒，環顧每一位學生，「各位，我有我的難處，我上面有學校，我必須盡責做好指導老師的責任，文章部分如果具煽動性或是太玄，我不能發；但是，我不會也不能限制各位的行動。」

學生們點點頭，在明白之中仍舊透著不滿的氣息。

「我的聯絡資訊剛都給簡子芸了，再請妳開一個群組，有事情可以丟給我……上班時間。」廖軍哲刻意強調，有一種晚上我不管的態勢。

「謝謝老師。」康晉翊這幾個字說得不太情願。

「不必謝我，我們都知道這事情誰都不甘心，但學校現在光忙那個于欣就夠累的了。」他轉身往門邊去，「你們也要有心理準備，我不知道這浪會掀得多大。」

「我們會考量的。」康晉翊禮貌的送老師到門口，其他人根本懶得動，連童胤恒都沒起身。

小蛙在背後比了好幾個中指外加翻白眼，汪聿芃依舊一副悶悶不樂，這個社團一點都不開心。

啪！一鎖上門，簡子芸便擊掌，「幹嘛幹嘛，每個人都一副苦瓜臉！是什麼大事嗎？」

「妳別說，妳上午沒看直播嗎？」童胤恒忍不住率先發難，「學校都這麼過分了，妳一進來就給老師審核權！」

「給啊，爲什麼不給？」簡子芸一路往辦公桌那邊走去，在她包包裡翻動著，「今天不給明天也要給，幹嘛不做得漂亮一點。」

就見她翻找著什麼，終於抽出了她的粉櫻色筆電，汪聿芃好奇的也走近，嘴角突然泛起一抹笑。

「哇喔！」她自言自語的笑了起來。

身邊的童胤恒以怪異的眼神打量她，「哇喔？」

「沒有啦，我在想說……一堆版面都可以講這種事啊，飄板、傳說板、還有什麼鬼故事板的，大家都可以寫，可是沒有人管耶！」她昂起頭，堆滿了微笑，「以後我就直接在那邊貼文，我看誰能把我怎麼樣！」

大家莫不愣住，緊接著亮了雙眼，靠！真是一語驚醒夢中人！

「對啊！拜託！寫得超誇張的不是一堆嗎！創作文也不少啊！」康晉翊忍不住擊掌，「我就不信黑粉能連外面的板都攻擊！」

「對！我就到處轉貼！」小蛙嘿嘿的笑了起來，「欸，外星人，妳不錯耶！」

汪聿芃堆滿笑容的臉突然一沉，「到底誰是外星人！」

而走出來的簡子芸打開筆電，螢幕秀給大家瞧，上頭是一個全新的社團，名字叫「都市傳說研究會」。

童胤恒湊近一瞧，登時明白，「天哪！妳已經開了？」

「是啊，開社團又不費功夫，黑粉攻擊我們社團，讓他們繼續！學校要管制，讓他管啊！老師要審核文章，儘管審核！」簡子芸得意的指指自己的新社團，「我們就用私人名義創社團，這個跟都市傳說社一～點～關係都沒有，誰都能發文，但管理員可以組織文章。」

「簡單來說，這就是都市傳說社**2.0**，但不是以社團名義開設的！」康晉翊禁不住笑了起來，「難怪妳這麼支持指導老師！」

「就說不要爲難他嘛！」簡子芸無所謂的聳肩，「我看到直播後立刻就想到這招了……欸，于欣是怎樣？突然來這一齣？」

「不知道！但是她剛傳訊息來，叫我們不必管，她自己會戰下去。」童胤恒苦笑著，他們要管也不知道從何管起。

「剛剛老師說得也有理，不知道風波會不會反撲，我們還是要留意。」康晉翊轉向蔡志友，「黑粉是誰你有底了沒，蔡志友？」

「要給我時間咩，要我說啊，整個科學驗證社都有可能啊！」蔡志友一臉理所當然，「我當初就覺得你們亂七八糟，才跟你們槓上的啊，要不是我親眼看到花子……」

蔡志友曾經是科學驗證社的社長，雖說當初是受到某位老師蠱惑才向都市傳說社下戰帖，公開直播驗證「都市傳說社」與「廁所裡的花子」，意圖證明花子爲子虛烏有之事……但最後被嚇得屁滾尿流的人是他。

「……對啊，說到這件事，當初花子實況錄影的事，我們是放露天電影耶，不是很多人都看見了嗎？」蔡志友想到這點就覺得不解，「影片在網路上還找得到，怎麼有人還會說……唉，造假？」

「我們管不了別人，管自己就好了。」康晉翊覺得這比較重要，「簡子芸，新網站的事不急，妳家有喪事，先處理吧。」

「沒我什麼事啊，但假日家族聚會，我再過去上個花。」簡子芸微微一笑，「就算盡人事了。」

汪聿芃握著手機，滑上滑下，停留在一個群組裡，點開又關上，好生掙扎……她好想告狀啊啊啊，告訴洋洋學長、還是小靜學姐，或是，讓他們知道「都市傳說社」居然要被限制言論自由了啦！

「我說啊，」汪聿芃還是不開心，認眞的發問，「有沒有辦法讓黑粉都能看遇到都市傳說啊？」

簡子芸家住O市，就在學校隔壁城鎮，但是她住的地方不是繁華區，所以得從輕軌轉鐵路，再搭公車才能回到家裡，也要一小時的車程。

因爲假日家族大聚會，所以簡子芸刻意先把功課寫好再回家，結果耽誤了不少時間，導致回到家裡時已經週六近傍晚了。

「節哀啊。」下車時，小巴的司機安慰著說。

「謝謝。」她回身道謝，小巴的司機也是鎮上的人，自然認得他們家。

他們這小區大概近千人而已，有幾百人住得密集，日子久了至少臉都記得，關係也算緊密，加上這裡有別於都市，放眼望去都是鳥語花香的丘陵，算是市郊的世外桃源。

她也喜歡這裡，有些歐洲小鎮風貌的家園。

站在站牌往遠處望，這兒恰巧是鎮上最高的地方，可以望向遠處那彩霞滿天、日暮西沉的絕美風光，再往正下方看，下頭一大片便是九號公墓，小堂妹的長眠之處。

九號公墓全部是平面式的，整齊劃一，墓穴於地底，地面上的墓碑乃至墓石尺寸都有統一規格，因此看上去井然有序，墓園旁也有植栽，像個小型公園般綠意盎然。

雖然堂妹還小，但至少也懂得欣賞美景了吧，在這位置長眠，也算得上是風光無限了……咦？簡子芸瞇起眼往下望，竟看到一個鬼祟的身影，披著像褐色長袍的衣服，在他人的墓旁做什麼？

簡子芸再往前幾步，看見那身影手裡像拿著什麼東西，在挖撬他人墳上基石的邊緣。

「喂！」她立即大喝，急忙從旁邊小路入口進去。

公車站旁有小路往下直通墓園，墓園裡各條小徑四通八達，因爲那傢伙距離她不遠，所以她直覺的想追上去。

人影一驚，轉身拔腿就跑，簡子芸幾乎確定了那傢伙像是罩著斗篷似的，長度遮掩得看不到身型也看不到腳，斗篷還在奔跑中隨風飄動。

簡子芸先跑到那傢伙鬼祟之處，蹲下一瞧，果然看見墳墓基石的角落旁有挖掘的痕跡，而且大理石上全是刮痕！太噁心了吧！

她一抬頭，見那褐色身影越來越遠，焦急的想拿手機拍照卻拍不清楚，連忙又追了上去。

「站住！」她大吼著，一邊要小心不要被絆倒。

那傢伙感覺對這裡非常熟啊，左繞右彎的，越跑越遠，簡子芸跟著朝左邊的方向奔，一邊瞄著手機想報警，什麼年代了想盜墓嗎？現在盜墓是要盜什麼啦！

沙……奔進與左區分界的小樹林裡時，簡子芸潛意識緩下腳步，這裡是與另一區的一個小樹林，三大排樹寬度最多十五步，但是光線怎麼這麼暗？她沒有思考太久，決定放棄追逐，倒退出樹林。

看向遠方，果然已日落西山，天色暗得非常快，再追下去就太遠了。

橘光晚霞已經轉成紫藍色，四周變得相當昏暗，更別說墓園沒有路燈，基本上不會有人飯後到這裡散步，簡子芸謹愼的環顧四周，剛才還覺得景色壯麗，現在卻開始不安，一座座石墓圍繞著她，上頭的照片笑得她頭皮發麻。

捏緊拳頭，她繃著身子趕緊從就近的路往上走，條條大路通羅馬，但她要回到公車站旁那個制高點。

唰唰……眼尾隱約的感到有身影似乎就在她身旁，相距數公尺的小樹林另一邊，有一組影子像是跟著她。

簡子芸沒敢停下，視線越來越不清楚了，她不知道是錯覺還是心裡發毛，總之不要回頭，邁開步伐跑就對了！

現在連墓都看不清楚了，她盡可能的跑在路中央，不想踢到別人墓碑而絆倒，隨便摔可都是會頭破血流的！手機沒敢開手電筒，覺得那彷彿是通知他人位置所在，不過快速鍵已經備妥。

沙沙，腳踩落葉的聲音不明顯，但是斗篷拖地的聲音實在太清楚，簡子芸幾乎已經確定了那不是錯覺，剛剛那個人真的隔著這片小樹林跟著她跑。

「不許靠過來！」她厲聲大吼著，「你破壞別人的墓，還想幹嘛！」

她都不知道這是壯膽還是白目了，總之她腳步沒有停，終於看到往上的階梯，三步併作兩步的直衝而上！

一跑到最上方，倏而回頭，卻什麼也沒看見。

除了靠近公車站下方的幾個墓碑外，黑暗已籠罩了整個墓區，整齊的墓地現在被暗藍色覆蓋，昏暗不明，看久了眼睛都覺得酸。

幾台車子呼嘯而過，此時反而給了她安心感。

「報警也沒用吧？我要怎麼說？」簡子芸遲疑著，又不是現行犯，她現在也不知道那個斗篷人在哪裡……而且報了警又會拖到回家的時間，嘖！

才在掙扎，手機突地響起，嚇得她魂飛魄散。「哇啊！」

差點把手機摔飛出去，果然是家裡打來問她在哪裡，晚上是家族聚餐，白天趕不回來就算了，吃個晚飯也想遲到嗎？

邊接電話邊往家的方向走去，說著她已經下車，再五分鐘就能到家了！

回頭瞥了眼墓園，明天再說好了，明天她要來看小堂妹時，看有沒有管理員可以反應。

橫穿過馬路到對面，在人行道上輕快走著，家就在不遠的前方！她們家以前就住在這條路上，兩層樓的透天厝，後來爸媽在附近買了一家更大的，舉家搬過去，老家就成了租人的地方。

不過這裡畢竟不熱鬧，屋子空了半年都租不出……簡子芸放慢腳步，驚訝的發現老家門口竟停了台小發財車。

噢噢噢，租出去了嗎？她輕快的往前奔，果然看見那深綠色的木板大門敞開，門口人行道上還有幾個搬家公司的箱子呢！

「居然租出去了！」租出去當然好啊，才有租金收入嘛！

好奇的想知道是什麼人承租，簡子芸刻意繞著車子旁看，搬家公司箱子封得牢實，看不出是什麼東西，但是門口放了台保養得還不錯的……縫衣機？哇，還是古董型的耶！

禁不住好奇心，簡子芸朝發財車後頭看去，這裡面不知道還有些什麼呢？路燈在她後方，自個兒的影子擋住了發財車，略微歪了身子喬角度，很想從半掩的厚麻布縫隙偷窺。

「有人耶……」

「有嗎有嗎？」

「是個大姐姐……」

才靠近，就聽見小朋友的聲音，一聽就知道相當稚嫩，還有人根本臭拎呆，簡子芸登時一怔，把小孩子放在發財車後面？跟傢俱放在一起嗎？這好像有點過分吧！

她大膽的把揭開一角的布再往旁拉一點，如果沒有大人在的話，那她可就……要……

路燈斜照在蒼白的臉上，與其說是蒼白，不如說是死白，如石膏般雪白的臉正望著她，披散著一頭黑色捲髮，五官是她從未看過的詭異，完全平面的一張臉，沒有鼻子。

眉毛像是用奇異筆畫上的，眼睛過分的大，還用難看的藍色塗滿眼珠，鼻子單純用筆畫個勾，而紅色的筆勾勒出直線毫無笑容的微笑。

那不是孩子，而是娃娃。

簡子芸再拉開了點，裡面坐了好幾個人影，再揭開些，她看見的都是一樣詭異蒼白手繪的五官、和一雙雙在黑暗中發亮的綠色眼睛！

「妳在做什麼！」二樓傳來暴吼聲，「不許碰我的娃娃！」

啊！簡子芸嚇得鬆手，連抬頭都不敢，做賊心虛的繞過發財車就快點逃！

「大姐姐！」

咦？簡子芸要右轉時驚愕的回首，車裡竟有女孩在叫她嗎？

下意識往二樓瞥，對開窗那裡果然有人影，她自知偷看人家東西理虧，根本不敢久留，趕緊鑽進巷子裡！

她其實可以直走到底的，就怕被對方看到她往哪裡走才刻意繞路，跑遠後漸漸放慢腳步，腦子裡都是那根本連娃娃都稱不上的臉；太、太奇怪了，高挑的眉，大到不成比例的眼睛，連鼻子都是用畫的，嘴巴抿成一直線……

別說美感了，白天看都會嚇人吧？

終於回到住家的巷子，也是兩層樓的透天厝，這條巷子十分寧靜，治安也很好，簡子芸推開根本只有半人高的木柵門，看著隔壁老爺爺的花園是這條巷子裡的楷模，今年的九重葛依然怒放，生氣盎然。

「我回來啦！」

熱鬧非凡的家人聚會，雖是因爲葬禮而集合，但也是種難得的相聚，簡子芸的父母準備了一大桌好料，全家族一塊兒用餐。

「人偶製造師？」

簡子芸差點沒被飯噎著，驚愕的看著爸爸。

「對啊，很乾脆的一口氣付了三個月的租金，而且還加倍！」爸爸滿意的微笑著，「現金啊，現在去哪找這種好房客。」

「人偶製造師他跟你說的喔？」簡子芸咬了咬唇，人家怎麼說就怎麼信？

「仲介說的，我也跟他見過面啊，是個年輕有為的人呢！」父親讚不絕口，「子芸，妳有空可以去那邊繞繞，帥哥喔！」

「爸！」簡子芸直想翻白眼，「我看到他做的娃娃……很可怕耶，一點都不像是娃娃！」

「妳看到？妳怎麼看到的？」母親覺得怪異。

「就……我不是說我看到他在搬家嗎？就看見車子裡的娃娃……那是任誰看到都會頭皮發麻的！」簡子芸皺著眉，放下筷子，「不是醜，也不是美，平面的五官，空洞的眼神……」

不，不是空洞的眼神，是一種彷彿要把她吸進去的眼神。

又大又深，好像有什麼藏在那雙眼睛裡……

「子芸喜歡瘦高的男人啦！」堂哥打趣的說，「一般男人她不喜歡的！」

「什麼？妳喜歡瘦瘦高高的啊？」爸爸倒是一副驚奇。

簡子芸懶得回應，扁了嘴瞪向堂哥。

「哈哈，伯父，那是都市傳說啦，傳說有一種瘦高男人，出現就會有命案喔！」堂弟咯咯笑著，「子芸的社團現在可有名了，喂，妳眞的信那個喔？」

「我懶得跟你們說。」簡子芸直接起身，「我吃飽了，掰。」

「欸，又是都市傳說，發生這麼多事，媽會擔……子芸？簡子芸！」

她根本不想聽，從加入都市傳說社開始，爸媽意見就一堆，堂兄弟姊妹更是個個看笑話，加上最近出事及新聞播報的命案與失蹤案，更是讓爸媽有事沒事就叫她退社。

這次甚至動到警方，她又差一點點被認為是謊報，幸好有章警官罩著，因為再怎麼說她也幫忙破了件命案。

唉，好煩！簡子芸覺得心裡頭千頭萬緒，墓園那個詭異披著斗篷的男人，老家租給的什麼人偶製造師……那些娃娃長得實在太令人不舒服了。

什麼人偶製造師啊，到底誰會買那種娃娃啦！硬要比的話，她還寧可買安娜貝爾！

隔天一早，簡子芸穿上輕便的服裝，在市場買了束花，便打算先去小堂妹的墓前致意，下午家裡為小堂妹舉辦了一個簡單的追思音樂會，在她墓前演奏她最喜歡的「拉羅—西班牙交響曲」，那時人數多，所以她決定提早來個人致意。

嘴賤的堂哥說怕她找人偶製造師麻煩，為了對方好所以硬是跟她出來，一群長不大的傢伙嘻鬧不已，她知道他們只是愛鬧，其實是想陪她來，故意找藉口罷了！

但她加快腳步，遠遠把他們甩在後方，路過老家時還是特意觀察，門口已經沒有車子，大門深鎖，也不知道房客在不在。

來到墓地，輕快的從另一個入口進去，這樣就不必再往上爬到高處的公車站那兒了，今天天氣很好，光線明亮，許多墓前已經擺放鮮花，原來一早就有人來看過親人了嗎？

眼前一條樹林道，昨天斗篷男就是穿過那樹林躲在這一區啊……現在是白天，堂哥們又在後面，她當然不怕，低首伏身閃過茂盛的樹葉，橫過兩公尺寬的林道後，停了下來。

「怎麼不走了？」堂哥也走了出來，「啊，妳不知道在哪裡厚！」

「我又不是沒來過，但是這邊都長得一模一樣，會錯亂。」她推了堂哥一把，「又沒人告訴我門牌！」

「哈哈哈，門牌咧！也對！在218號！」堂哥倒是準確的指向正前方。

嗯？簡子芸有點既視感，她蹙眉先往右方高處看去，那裡就是她昨天下車的公車站，再移回正前方堂哥們走的方向……哎呀，說起來，昨天她看到的斗篷男，就是在小堂妹墓附近繞嗎？

終於來到墓前，簡子芸沒來由的不踏實，沒放下花束，只是突然繼續往下走去。

「喂，簡子芸！妳去哪？」堂哥們覺得莫名其妙。

她加快腳步往前走了幾步，再原路折返，到人家墓後蹲低一瞧，果然看見了熟悉的痕跡。

「不是這裡啊！」堂哥唸著。

「我知道，我昨天回來時，看見有人鬼鬼祟祟的在這裡挖人家墳角。」她指向地面基石旁的土，「看見沒，這邊的土被往下挖了。」

堂哥們疑惑的紛紛湊前，一時間三四顆頭塞在一起，全往別人家墓邊瞧——「咦咦！真的耶，土被向下刨了！」

「有沒有搞錯啊，挖這個要幹嘛？他想把這塊石頭挖起來嗎？」

「挖起來更噁，下面只有死人啊！」

「那妳有看到那個人長怎樣嗎？」大堂哥的問題果然比較正常。

「沒，他背對著我，又披著一件好大件的褐色斗篷……應該是斗篷吧，很大件就對了。」簡子芸沒好氣的瞪回去，「我有打算找墓園相關人士說說，這令人不舒服。」

「該不會想盜墓吧？」

「盜墓咧，裡面是有什麼金銀珠寶嗎？就一口棺一具屍體，哪還有什麼？」

「搞不好有的人放什麼寶石項鍊陪葬之類的。」越說越有回事了。

終於來到小堂妹的墓前，大堂哥示意其他小子噤聲，並且趕到旁邊去，好讓簡子芸專心跟小堂妹說幾句話。

簡子芸將花束擱在墓前，特意選了多彩的花，小女孩喜歡的。

「才在人間六年，妳其實也沒什麼遺憾吧，正是最快樂的年紀，一切都是命。」簡子芸誠心的說著，「因為叔叔的關係，所以我們也沒什麼交集，妳說不定根本不知道我是誰，但無所謂，還是希望妳一路好走！下午的音樂會，我們大家都會送妳最後一程。」

雙手合十，簡子芸致上最誠摯的心意。

再度睜眼，她卻看見紊亂的土落在後頭……不，幾乎是一整片，圍繞著基石一整圈，都是鬆動的土壤，還有……

「堂哥！」簡子芸驚吼出聲，「大堂哥！」

「怎麼了？」堂兄弟們立即衝了過來，簡子芸已經一腳踏到墓後方，蹲下身看著基石。

「你們看這個……」她指向基石，一整圈的土全部被刨開，多餘的土堆在附近，一點都不整齊。

「咦？這個……露出的基石也太多了吧？」堂哥與隔壁的比對，一看就知道露出地面多了許多！「該不會是妳看到那個人也來這裡亂挖吧？」

「這邊也是耶！」堂弟們在另一邊觀察，整座基石都被鏟出一條護城河似的。

墓園是天天有人整理打掃的，土壤絕對不會這樣亂扔，才剛下葬的堂妹墓地也不可能會有這麼離譜的狀況發生……

簡子芸突然打了個寒顫。

「不會吧……」

「子芸？妳在想什麼？」堂哥雖不想承認，但簡子芸卻是家裡聰明的女孩。

「你覺得，這塊基石現在推得動嗎？」

她抬起頭，認眞無比的看著堂哥。

堂哥當下倒抽一口氣，他聽得懂堂妹在說什麼！「妳別開玩笑了，妳是都市傳說走火入魔吧？你們有盜墓的都市傳說嗎？這基石都是封死的，如果能動的話……」

「就試試看！」簡子芸已經把手擱在一旁了，「我們就——」

咿……餘音未落，基石硬生生從他們眼前移動了一小吋。

「哇啊——」簡子芸嚇得往後跌坐，堂哥整個人都跳起來！

另一邊的兩個男孩探出頭，「眞的可以動耶！」

天哪！簡子芸覺得心臟都快跳出來了，「會被你們嚇死！」

「哈哈哈哈，你們以爲小堂妹從裡面推的喔！哈哈……哈哈哈……」突然覺得這玩笑很爛，堂弟們終於笑不出來。

堂哥臉色難看的彎身，「你們都不要動，我去找人來。」

簡子芸緊繃的點點頭，該封死的基石，根本不可能輕易移動，就算堂弟們力氣再大都一樣！

「盜墓咧，裡面是有什麼金銀珠寶嗎？就一口棺一具屍體，哪還有什麼？」

她顫巍巍的看向堂弟們，似乎還眞讓他們說中了。

原本該優雅的音樂會宣告暫停，小堂妹的墓園邊圍上封鎖線，因爲在把基石推開後，確定小堂妹的屍體被盜，棺木已被破壞，屍體不翼而飛。

怎麼也想不到居然有人會盜屍，簡子芸一直往噁心的方向想，偷一具六歲女孩的屍體想做什麼？

警方抵達現場後也是匪夷所思，不過來的警察不多，言談中顯得是有些不耐，因爲案件很多，莫名其妙跑出盜屍案，他們要怎麼找屍體？

「我們要找的是屍體，你們知道這有多難嗎？」警方語重心長的向家長說著，「一具不會動不會跑的屍體，我們看不到也不知道，而且你們知道這裡沒有監視器，我們只能盡量過濾追查車子。」

「你這什麼話啊！難道我的孩子就這樣不見了嗎？」小嬸哭著怒吼，才剛死了孩子已經是錐心刺骨，現在連屍體都不見了！

「我沒這樣說，我只是說我不能保證時間！」警方明顯的扯了嘴角，「太太，我知道你們的心情，但最近有很多媽媽們不見的是活著的小孩啊！」

小叔一怔，「我管別人孩子怎麼樣！我要我的小如！」

「小叔！」簡子芸有點聽不下去，忍不住插話，「警察有他們的工作，全世界不是只有我們家發生案子啊！」

「妳……妳在說什麼！那是小如耶！」小嬸氣得指著她罵。

簡子芸不想理小嬸，她知道人性自私，所以她力求自己不要變成那樣的人，轉身看向警方。

「我小叔小嬸的情緒比較激動，請你們見諒。」她微微一笑，「你們剛剛說有別的小朋友失蹤嗎？」

「嗯，是活著的。」警方強調了具生命這件事，「因爲是各地都有，但最近有人發現統整起來密集性高，有好幾個是我們鎮上的孩子，也有外地的到這裡玩時失蹤的。」

「……嗯，有關聯嗎？」

「不知道，但總之就是小孩失蹤，附近的縣市都聯合起來在追查那些孩子的下落了，所以……如果你們硬要在幾天內幫你們找到屍體，這個眞的有困難。」

而且認眞說，找具屍體談何容易？雖然有照片，啊前提是要小朋友不爛啊！

「還是要找啊！你們不能說活人比較重要啊！」親戚們繼續發難了。

簡子芸退出吵鬧，看著徒剩棺木的墓穴，完全不能理解到底什麼人要盜屍……那個披著斗篷的男人，是隨機找墓嗎？拿著小鏟就這樣慢慢的挖開？帶走屍體能做什麼？難道他——簡子芸一怔，不知道爲什麼，她想起了老家前的車子。

人偶製造師。

第三章 訪客

案件進入調查，家人再焦急也沒有用，小叔小嬸以淚洗面，屍體被盜其實意同被褻瀆，簡子芸能理解那種痛，但他們眞的束手無策，墓園內也沒有監視器，出入口多達十六個，也不是每一個出口都有監視器。

而且警方後來清查墓園，赫然發現竟有不少的墓也被開挖了，有的屍體仍在、有的不翼而飛，毫無頭緒，但也只能相信警方了……只能……但是如果是她，她也會覺得活著的失蹤孩童比較重要吧。

「盜屍？」康晉翊飯還塞在嘴裡，瞪大雙眼不可思議。

簡子芸點了點頭，回來跟社團吃的第一餐飯，她便提起小堂妹的事。

「演電影嗎？這年頭有人在盜墓？」蔡志友覺得噁心，打了個顫。

「盜屍，誰跟你盜墓。」小蛙嘖了聲，「而且現在一般人墓裡也沒陪葬品啊……沒有吧？」

他疑惑的看向簡子芸，小朋友應該不會附什麼海洋之心的。

「就只有她那把碎掉的小提琴，其他什麼都沒有，眞的是盜屍。」她夾起眼前的滷雞腿，「費這麼多功夫，爲了偷小朋友的屍體？」

「變態還是很多的。」童胤恒嚴肅的皺著眉，「但是……屍體終究是會腐爛的，偷走之後呢？」

汪聿芃愉悅的嚼著小黃瓜，發出喀嚓喀嚓的聲音，有夠獵奇的，居然有人要偷會腐爛的屍體——

「做成標本吧！」她隨口說著，「不然開始爛了誰受得了。」

簡子芸聞言倒抽一口氣，詭異五官的娃娃模樣再度跑進她腦海裡，她厭煩的放下雞腿，渾身不痛快。

「還好嗎？」康晉翊關切的問，「這種事很令人難受的，但除了等待外，真的也沒能知道怎麼辦。」

童胤恒同意的頷首，突然往後瞥了眼，眉頭始終緊鎖的輕輕以掌心敲了敲太陽穴，簡子芸這才留意到他的氣色不太好。

「你怎麼了嗎？臉色很差。」只顧著說自己的事，都沒留意到別人。

「啊？沒什麼，就是……」話說到一半，他急速回頭，這一次相當嚴肅的環顧四周，而且幾乎起身把整間餐廳裡都看了一圈。

這動作已經讓大家覺得奇怪了，他隔壁的汪聿芃竟也跟著滑掉湯匙，像被嚇到一樣跳起來，還撫著後腰回頭咒了句：「幹嘛！」

這下沒人吃得下飯了。

「兩位？」康晉翊溫和輕聲，「要不要解釋一下怎麼回事？」

「大家都在看我們了。」蔡志友壓低聲音，這間快餐店有幾十個位置，客滿的時候可是幾十雙眼睛的注目禮啊。

「幹！我們沒這樣大家也在看我們啊！」小蛙沒在怕的啐了聲，「對啦，都市傳說社的，看三小！」

簡子芸無言的看著刻意露出刺青的小蛙，搖了搖頭，「你這是在拉抬我們社團的聲勢嗎？」

「你幹嘛把自己弄得跟8＋9一樣啦！」回神的汪聿芃望著他也聳肩，「誰說刺青一定要這模樣！不要別人沒貼標籤，自己貼得這麼勤快！」

小蛙白眼都翻到宇宙了，這外星女到底知不知道他是在幫大家啊！

「好啦！沒事沒事！」康晉翊還是忍不住笑了出來，他真喜歡這個「都市傳說社」，喜歡每一個人的特質。「你們先坐下吧！」

童胤恒臉色眞的很差，撫著頭坐回位子，汪聿芃也一臉不高興，不過她先打量了童胤恒後，即刻起身就往外跑。

「汪聿芃！妳去哪？」簡子芸莫名其妙，什麼都沒說衝什麼？

「一下就回來！」她人都出去後才高喊。

一桌五個人只能無奈，反正她就是這樣，想到什麼做什麼，而且她想到的東西跟大家的也都不太一樣，倒不必費心去深究了。

「還好吧？」蔡志友緊張的看著童胤恒，「你不會是……聽……」

「嗯，哭聲。」童胤恒也不隱瞞，「太近了，像是跟我們在同一個地方一樣。」

呵、呵、呵……小蛙抽著嘴角實在笑不太出來，是多近？他就坐在童子軍身邊啊，不會是在他們中間吧？

逕自搖搖頭，繼續大口扒飯，自從親自遇過「外送」的都市傳說後，他覺得他升級了，反正什麼糟糕的情況都遇到了對吧！而且他還差點被殺掉，持刀的流氓朝他就是一陣亂捅，這種狀況都能活下來了，還有什麼不能克服的！

不過就哭聲嘛，至少還沒人拿刀說要殺他們咧！

「但你能動啊！」康晉翊狐疑的問，童胤恒聽得見都市傳說的「聲音」，但聽到時幾乎是難以動彈的。

那是種詭異的情況，他可以比大家都早聽見，甚至在很遠的地方，像之前幽靈船在空中行駛時，他就清楚的聽見下錨指令，只是聽到聲音時會僵住，身體像被打麻醉般無法輕舉妄動。

雖不是每次都聽得見，但至少能聽見，康晉翊推測是他們高中時，曾見過血腥瑪麗的緣故，或許有一部分的磁場相合了。

「對，這次不嚴重，就只是在哭，不過……」童胤恒若有所思的瞥了簡子芸一眼，「是小孩子的哭聲。」

咦？筷子從簡子芸指間滑出，身子跟著一顫。

喔喔，小蛙轉著眼珠子，眞是急轉直下的發展，現在突然間全員都跟都市傳說有關係了嗎？

「男孩還是女孩？」康晉翊伸手按簡子芸肩頭，給予她一定的穩定與溫暖。

「聽不出來，小孩的聲音都很尖細，但我確定是孩子，前幾天是半夜哭，後來就在附近……」童胤恒就是因此才睡不好，「剛剛幾乎就在耳邊了。」

小蛙放下筷子，已經拿出手機。

「吃飯時別查。」康晉翊出聲阻止，「大家先好好吃飯吧！」

康晉翊也是歷經上次的事件後，變得格外珍惜活著相聚時的時光，他們都很喜歡都市傳說，但不必把自己搞到二十四小時只剩都市傳說。

「噢……好吧！」小蛙聳肩，「我記得你說過你不是陰陽眼對吧？那……」

「誰陰陽眼！我才不是。」童胤恒不好氣的唸著，「我隱約覺得是都市傳說，因爲總不會是我幻聽吧？可是因爲我卻能行動，這讓我抓不準。」

簡子芸略微深呼吸，「那汪聿芃又是怎樣？」

「呃，我沒有讀取外星頻道的解碼程式，所以……」童胤恒還有空露出一臉爲難的樣子。

「來來來！」曹操直接滑步而入來，在童胤恒面前放了飲料，「喝一下，心情會變好！」

一瓶手搖飲料就在眼前，貼紙還寫著抹茶拿鐵。

「為什麼喝這個心情會變好？」他沒有很愛喝拿鐵啊，而且他還挺討厭抹茶的耶！

「因為甜啊，又寧神靜氣！」汪聿芃還殷勤的為他插吸管，「我每次喝啊，都會覺得啊～超幸福！」

那是妳啊！童胤恒眉頭都要打結了，看著汪聿芃一臉幸福樣，現在要喝的人是他耶！

但實在不忍心吐槽她，雖然她神經遲頓到應該不會受傷害，但他還是默默的接過了她熱心遞來的飲料。

「很奇怪，妳好像覺得心情不好就是要喝飲料，這是哪來的邏輯？」每次他只要聽到詭異的聲音時，汪聿芃第一件事都是倒飲料。

「因為飲料好喝就會心情開朗！」連斷句都沒有，汪聿芃回得理所當然。

童胤恒深吸了一口氣，哇，是喔，好吧！他無奈的笑了起來，在汪聿芃的催促下喝了一大口——

『我也想喝！』

唔！童胤恒登時瞪大雙眼，差點沒把飲料噴出來！

「不好喝嗎？」汪聿芃看見他圓大的眼，有點失望，「我都喝這家的耶！」

「那是妳喜歡又不是童子軍喜歡。」蔡志友撐著下巴總是費解，「妳的腦子迴路眞的蠻奇怪的。」

「哪有！」可反駁時都很快。

「剛剛童子軍回頭就算了，妳跳起來喊幹嘛是爲什麼？」康晉翊沒忘記她的奇怪舉動。

只見汪聿芃小嘴微張，用一種驚愕的眼神看著他，再過幾秒才哦了一聲，一臉恍然大悟！

「我想起來了！對耶！」她說完又再度回身，直接站起來一個個掃視店裡的客人。

簡子芸已經不想再說什麼了，在他們已經備受矚目的前提下，她還一個個打量他人，所有人有志一同的低頭吃自己的飯，這種情況只能當作她個人行爲啊！

「喂。」童胤恒永遠是放不下心的那個。

「剛剛誰碰我？」汪聿芃還直接問著店裡的人，「有人戳了我一下啊！」

就近桌子的學生飛快搖頭，她背後是走道，店裡這麼多人，誰會無聊到去戳她？童胤恒再度皺眉，汪聿芃被戳到時他正巧聽見哭聲，剛剛又清楚的聽見了說話聲，那是小女孩的聲音，他聽清楚了。

拉拉她的手，要汪聿芃先坐下。

「我沒說謊。」她嚴肅的與他對望，「有人戳……」

「我相信妳。」他微微一笑，「剛剛我喝飲料時也聽見有小女生說她想喝。」

音量不大，就他們一桌六人聽得見而已。

所有人嘴裡或含著飯、或正在吃麵，也有在嚼小菜的，紛紛朝他們兩個看去，時間彷彿定格——下一秒，連說要珍惜吃飯時間的康晉翊率先把手機拿出來！

到底有什麼都市傳說跟盜屍有關係啊？

「連我都覺得是了！」簡子芸直接放下筷了，冷汗直冒，「我有看過那篇，郭學長曾經整理過，在『冷門都市傳說』資料夾！」

「靠！實例！」小蛙即刻滑動，「這樣一來我也有印象了。」

汪聿芃摸摸後背，看忙碌的大家，坐在身邊的童胤恒揉著眉心，正在猶豫是否該繼續喝飲料，看心情會不會好一點。

「收藏家。」她從容不迫，邊夾青菜邊說。

簡子芸的手在手機螢幕上一顫，「……收藏家。」

「嗯，感覺很像，就妳說的那個資料夾。」汪聿芃開始條理分析，「妳看，墳裡並沒有值錢的東西，家長也沒收到勒索信，單純的挖墓盜屍，還專找小朋友，這豈不是跟收藏家一樣嗎？」

康晉翊已經滑開了學長做的資料，的確有個收藏家的表格，裡頭的關鍵字不只是盜屍，還有……

「把屍體做成沒有五官的娃娃，擺放在家中當陳列裝飾品，精心打扮……」他一字一字唸著，「宛若家人……」

簡子芸沒有勇氣點開，她心跳得好快，手腳一陣涼——堂妹！

「娃娃，我……我老家昨天有人租房子，他說他是人偶製造師……」簡子芸不知道自己說的每個字都在發抖，「我偷看到他做的娃娃，沒有、沒有五官……平面的、沒有鼻子，好像用石膏還是什麼抹滿臉，再把所有五官畫上去的……」

「簡子芸！」康晉翊趕緊拍拍她的背，叫她先不要緊張，但是她已經想像自己小堂妹的屍體，不知道會被糟蹋成什麼樣子了。

小蛙皺起眉看著相關的都市傳說，再看向對面的簡子芸。

「馬的！這也太巧了吧？妳堂妹被盜屍，妳家的房客是做娃娃的？」小蛙嘖嘖，「老子現在不太信巧合這件事了。」

另一邊的蔡志友手指在桌上敲著，「用我的邏輯來思考，曾爲科學驗證社的一員，你們如果仔細往下看可以發現，這是一種戀屍癖。」

「對方知道妳堂妹才剛下葬，是新鮮的，因爲這種癖好的人會要漂亮的屍體。」童胤恒沒拿手機，也知道這篇，「妳剛不是還提到那個斗篷的男人嗎？跟人偶師會是同一個嗎？」

簡子芸飛快搖頭，「我不知道……我……」

「妳剛不是說警方在清查墓園時，還發現很多其他的墓也被開挖了。」汪聿芃好奇的湊前，「那警察有沒有說，那些被挖開的墓，都是什麼人的呢？」

童胤恒懂這個問題的關鍵。

如果眾多墓地都是屬於孩子的，那幾乎就是「收藏家」在選妃，但如果小堂妹只是個案，便另有可能。

簡子芸緊閉上雙眼搖頭，她眞的不知道，沒問這麼清楚。

「不急，再問就好。」康晉翊用眼神示意不要逼她，事關親人，她會覺得不舒服。

即使不親，但就算一個外人，也無法忍受小孩子的屍體被拿去做成娃娃啊！

大家默默的把手機放下，不想製造壓力，簡子芸思緒紊亂，她撫額蹙眉，只感到反胃跟噁心。

「我，我會再問我爸媽。」她沉著聲，「但是我們要開始著手查這個都市傳說，收藏家。」

汪聿芃嚥下滷蛋，鼓起腮幫子，「這什麼爛稱號！」

收藏家，這個都市傳說非常廣泛，主要是指喜愛收集人類屍體的人；有時會是與世隔絕的鄰居們，他們可能有間專門用屍體製作娃娃的地下室，或是做一些更可怕殘酷的罪行；最普級的收藏家傳說是收集人類屍體的鄰居，並驕傲的將其放在玻璃罐裡面展示。

而近代，不過數年前在俄羅斯就有一位收藏家在現實生活中上演，他是歷史學家，有個一屋子以小孩屍體做成的娃娃，全都是挖墳掘屍偷出來的「家人」。

明明剛歷經九死一生的「外送」事件，但一提起都市傳說卻又令人熱血沸騰，每個人吃飽直接衝回社辦，大家開始討論收藏家的來源，以及翻找過去曾發生的眞實案例。

其實「收藏家」多半是眞人眞事，從一兩百年就陸續在各國傳出，有許多人以收集屍體爲癖好，甚至還有抓捕孩童做成娃娃的例子，也有對女子一見鍾情，即使對方死了也要偷出來作伴一生，爾後這類收集屍體的人，廣義的泛指爲「收藏家」。

手指飛快的在鍵盤上移動著，簡子芸認眞的檢查自己剛剛打出的字，「都市傳說社」的社團她就放著，但她自己開設的社團便沒人有資格管了吧！她還可以到各個談怪談的論壇去發文，誰能奈她何！

但不要太激進的確是重點，慢慢來，況且也還不能證實這百分之百是「收藏家」。

「唉。」輕嘆了口氣，她是最矛盾的角色。

小堂妹被盜屍，一方面不希望這是眞的，一方面又有點期待這樣的「收藏家」！現在最新的「收藏家」代表人物，是幾年前俄羅斯一位歷史學家，目前應該在精神病院服刑中，那麼現在存在的「收藏家」又是什麼？

汪聿芃很扯的提議去墓園埋伏，看能不能先抓到那個斗篷男，康晉翊認爲應該先去拜訪人偶製造師，但是沒證據沒有罪名，他們能怎麼舉發對方？況且……說不定他就眞的專做怪娃娃的啊！

但是，發財車後的聲音是怎麼回事？簡子芸沒忘記跑走時，緊張喊著大姐姐的聲音。

她沒有看到車子裡面，但最外面那具娃娃看起來眞的……就像個四歲女孩這麼大，黑色的捲髮，衣服很精緻，是綴著亮片的粉色小禮服，袖口還有花形蕾絲。

「睡了！」她甩甩頭，因爲一想到娃娃那張臉，她就又覺得渾身發毛。

蓋上筆電，先把明天的課本放在上頭，她住在公寓式套房裡，一層樓裡有四個人住，其他人都相當早睡，所以她抓過水瓶，躡手躡腳的到廚房去裝水。

她是赤著腳出去的，因爲房東先生太愛木板風，所以她們這木板地非常容易有聲音，尤其遇到熱漲冷縮時還會劈啪作響，穿著襪子是最佳的靜音方式了。

偷看室友的房門縫，果然都已熄燈，她亮燈進廚房裝水，都深怕太大聲吵醒她們。

今天讓她最扯的，是汪聿芃的提案獲得了幾乎全票通過。

天哪！簡子芸忍不住扶額，連康晉翊都跟著說要去墓園埋伏，親眼看看「收藏家」的模樣！

大家到底是怎麼了？上次的危機都忘了嗎？而且她記得大家都頗有感觸，說什麼珍惜當下、汪聿芃說要恢復體能訓練，還想去學防身術、童胤恒跟她頗有同感，小蛙說下次他隨身要攜帶刀子，康晉翊說更添了敬畏之心，啊蔡志友……本來就是遇事閃很遠的那種……

她呢，將水瓶鎖緊，經過這麼多次都市傳說，跟學長姐遇到一樣的事情後，她怎麼想的？

她，開始害怕都市傳說。

它們很迷人又很有趣，但她無法想像如果那天在沒有出口的走廊上是自己時，她會不會崩潰？

喜愛都市傳說的心沒有變，甚至因為它們真實存在而叫她更興奮，但是於此同時，她也深刻體認到都市傳說的誕生，必定伴隨著人命的消失，甚至是某些人的悲傷與痛。

就像小嬸他們一樣，小堂妹的遺體被盜，如果今天她也是旁觀者，她就會覺得哇塞好讚，眞的有「收藏家」耶，她多想一睹究竟，觀看他的收藏——但是，如果這個都市傳說是眞的，小堂妹眞的是被「收藏家」收藏走，那麼她會想看小堂妹的遺體變成那個樣子嗎？

「別鬧了！」她緊握著杯子轉身，自言自語，「我第一次不希……」

一轉身，卻看見客廳有一抹人影跑過。

「元？」簡子芸下意識喊著隔壁室友的名字，因為廚房的燈光範圍無法擴到太遠，她看不清楚。

走出廚房往客廳看，空無一人，室友房門下的門縫依然暗著。

眼花了嗎？她狐疑的皺起眉，旋身順手把燈關掉。

啪。

人就站在她身後。

簡子芸看不見，也沒感受到，她直接推門進房，門砰的關上時，外面的小小身影雙手來不及抵住門，被關在門外。

簡子芸關上燈，爬上床，想著該不該跟家裡的人說，他們社團要去埋伏墓園的事？不好，講了家人一定會暴跳如雷，媽一直叫她退出社團，是怕沒理由讓她唸嗎？

那要怎麼辦？她帶著大家晚上抵達墓園，然後在那邊等到隔天天亮嗎？天哪！她不該怕，但眞的想到就毛骨悚然啊！

而且十六個出口他們要怎麼堵？他們也才六個人……就算……

叩叩，叩叩。

咦？簡子芸半坐起身往門口看，這是什麼聲音？不是敲門聲，那是有人走在木板地的聲響，而且還很大方的穿著跟鞋在上頭走！

元嗎？不對啊，半夜穿跟鞋在家裡走是要討罵的吧？

叩叩……叩叩叩……跟鞋的聲音實在太明顯，而且就在她房門口，有人在她門口走來走去。

「到底是……」她準備掀開棉被，不懂室友爲什麼要半夜在她門口徘徊，有事就敲門啊！

一隻腳還沒下床，喇叭鎖卻轉動了——簡子芸聽見清楚的「啪」聲，不知道是哪個零件斷裂的聲響。

她們是鎖起來的啊！

毫不猶豫的瞬間鑽回被子裡，簡子芸不知道自己爲什麼採取逃避，她選擇被子蒙頭，面向牆背對了門口！

手機，她的手機來不及拿！放在枕頭的另外一側啊！

叩、叩……叩……足音走入，簡子芸驚恐的瞪著眼前的白牆，房間裡沒有一絲燈光，只有窗外隱約透進的微弱光線，今天不是她生日，室友們應該不會搞什麼惡作劇吧？

喇叭鎖可以毫無阻礙的打開，這怎麼……怎麼……

噠啦啦，她書桌邊的椅子被推開了，輪子在木質地上滾動、止住，接著靜默了幾秒，但她不敢回頭，她知道有人在她房間裡。

嚓……明顯的令人頭皮發麻的翻書聲傳來，一張、接著一張，而且那還是她最討厭的折書式翻法！是用手掌包起整頁再翻，這種都會折到書頁的！當然現在這不是重點，但是聽著那翻書聲她還是一肚子火。

啪，書被放回了桌上，聲音沒刻意放輕，如果是小偷……她其實只要裝死就好了對吧？問題是，哪個小偷會這麼光明正大的穿著高跟鞋行走啊!?

噠，達達，足音靠近了，簡子芸整個背部僵直，汗毛直豎，她選擇閉上眼睛，她不知道、她什麼都不知道！

然後，有人扯扯她的被子——不要！不要碰她！

『大姐姐。』童音傳來，就站在她的身後，『大姐姐。』

小孩子？簡子芸不可思議的睜大眼，這是小堂妹的聲音嗎？她們太久沒聯繫了，她無法辨識……不過照理說，小堂妹不該會叫她大姐姐吧？

『……來找我好不好？』女孩的聲音其實輕快，『我們都在等妳耶！』

不需要！她完全沒有想被等的意思！

『一起來跳舞吧！』女孩說著莫名其妙話語後，直接就在她身後跳了起來。

噠啦噠啦，輕快的舞步響著，每一個聲響只是讓簡子芸更加緊繃！

走！快點走啊！不管妳是什麼，都快滾，我不認識妳們啊！

跳舞步伐驟停，所有聲音在瞬間靜止，簡子芸全身都被冷汗浸濕，她根本無法抑制全身的顫抖，依然死抓著被子，繃緊神經留意著背對的身後所有可能的細節。

沒有足音、沒有東西被翻動的聲音，也沒有那像是衣服磨擦的沙沙音。

離開了嗎？眼角不住的滲出淚水，她……她生平第一次撞飄了嗎？爲什麼會找她，跟她那天在墓園有關嗎？

還是……簡子芸緊咬唇不讓自己哭出來，難道眞的是都市傳說？

手略鬆了些，她遲疑著要不要回頭，這種狀況下她根本睡不著，要她這樣在恐懼中撐整夜，未免太痛苦，最快的解決方式：就是搞清楚狀況。

媽媽有給她護身符的，她就放在書桌那邊，她真是不孝女，應該要戴在身上的！

沒事的，已經完全沒有聲音了，壓力也消失，她感受不到房間有什麼……想是這樣想，心跳依然疾速，一、二、三，就數三聲回首就是了。

一、二、三——簡子芸刻意氣勢十足的掀被起身，回眸一瞪！

白色的蕾絲洋裝下是紅色的舞鞋，精緻的衣服上全是綴珠蕾絲與刺繡，女孩身高不到一百，站在床旁的視線就與她一般高。

凹凸不平的白色面具像塗不勻的面具，挑高的雙眉，超大又空洞的眼珠在昏暗的房裡發出綠色的微光，緊抿的唇依然沒有任何角度，就這麼望著她。

『大姐姐，』那張詭異的臉倏地湊近，『快點來找我吧！』

「哇啊啊——啊——」

砰！重擊音傳來，緊接著是推門聲，簡子芸歇斯底里的尖叫著，想把塞滿心裡的驚恐發洩掉。

「簡子芸！」女孩滑進她房間，「簡子芸！」

看著她坐在床上，彎著腰不顧一切的尖叫著，女孩忍不住推了她一把，「喂！」

其他女孩披頭散髮的也都陸續奔了進來，「怎麼了怎麼了？」

「小強嗎？」

被使勁推的簡子芸右側直接撞上牆，痛楚使得她唉唷一聲的驚醒。

她淚眼汪汪、渾身發抖的看著眼前的被子與床，戰戰兢兢的往左方床邊瞧去，看見的是一臉莫名其妙的室友們。

房間通亮，天亮了。

「妳幹什麼？做惡夢嗎？」元在她面前揮手，「哈囉，醒了沒？簡子芸！簡子芸！」

微啓的唇發顫，淚水依然泉湧不止，看著眼前彈個不停的手指，再往窗戶望去，腦袋一片空白。

「是做什麼惡夢啊？有夠可怕。」

「我還以為是飛強咧！一大早別嚇人啊！」

室友悻悻然的出去，她們才是被嚇醒的那個好嗎！隔壁的元發現揮手無用，開始改成在她面前擊掌了。

「回來喔～簡子芸～回來喔！」

「好啦！好了……」簡子芸終於伸手把她的手壓下來，「我做惡夢了。」

「叫得這麼淒厲，鐵定是惡夢。」元伸伸懶腰，「妳這種鬧鐘也太可怕，我早上又沒課……啊，回去了。」

「對不起啊！」她滿懷歉意的說著，元擺擺手，逕自出了她房門。

曲起雙膝，簡子芸知道全身都濕透了，心跳漸緩，夢裡那種恐懼感也減輕許多，原來是夢嗎？但也太眞了……她抓過手機，七點半，她今天十點才有課，只是現在要躺回去也睡不著了。

「天哪……」手指穿過髮絲，連頭髮都濕透了，這場惡夢眞是記憶清晰又恐懼點滿格。

太清楚了，那個女孩身上穿的衣服，白色粉花，不正是跟發財車上面的一模一樣嗎！聲音好像也類似，不到一百公分，是幾歲的孩子？

她還穿著繫帶舞鞋，才會在地板發出聲音……但是她的眼睛是棕色的，也是像粗暴的用褐色奇異筆畫了幾個圈就權當眼珠子，那晚在發財車裡看見的是藍色眼珠。

還有，夢裡的女孩綁著兩條辮子，是偏紅色嗎？還是棕色？夢裡光線不足，瞧不清楚。

太眞實了，每一字每一句每個場景都像眞的歷經過一樣，娃娃要她去找她？還說在等她？甚至要一起跳舞？那個聲音……好像那天在車裡呼喚她的那個。

「煩！煩！」抓起一旁的小熊娃娃就往牆上丟，「根本日有所思，夜有所夢！」

她心裡一直記得租房子的人偶製造師，小堂妹被盜屍又加上「收藏家」的都市傳說，才會攪得她這麼心神不寧！

既然早起，先去沖澡好了，居然因爲做惡夢弄得從頭到腳都濕透，順便靜心一下，如果這樣就能讓她心神不寧，還談什麼去墓園埋伏啦！

抓過換洗衣物，翻身下床，腳套入拖鞋時，她留意到床邊的木質地面上，似乎有著白色的刮痕？

狐疑的彎身查看，地板沒髒，可是卻憑白多了好多道刮痕？

簡子芸像被電到般倏地往桌邊看，立刻衝上前查看放在筆電上的書，昨晚是這樣擺的嗎？似乎有點紊亂？她慌亂的拿起來，只是攤開來一翻，就看見了那絕對不可能出現的「折頁式翻書」！

「不……不可能……」簡子芸看著那有被折彎的頁數，造成那幾張紙多了膨度，這就是抓握式的翻書。

那麼……她幽幽的看向就在一旁的房門，她不是鎖門了嗎？

聽見慘叫聲的室友們又是怎麼進來的呢？

一陣寒意自背脊一路涼到腳底，不必檢查她都知道，門鎖壞了。

因爲昨晚那些，不、是、夢。

第四章 夜伏墓園

「那不是夢！真的有東西進來我房間！」

公車上，簡子芸跟蔡志友吵得臉紅脖子粗，蔡志友一直覺得她太敏感又神經質，因爲昨天白天發生的事，才會夢到會舞動及會說話的娃娃；但是簡子芸指證歷歷，她的房門跟書，還有在木質地板上跳舞的刮痕。

但蔡志友又說，門鎖搞不好是剛好壞了，或是室友進來時眞的太粗暴而撞開，畢竟只是喇叭鎖又不是門子，其他都不夠明確，他總覺得是簡子芸自己嚇自己。

社團裡有曾是科學驗證社的人有利有弊，蔡志友眞的很容易先從科學解釋思考。

「啊——」下車後，童胤恒神清氣爽的伸了個懶腰。

他跟汪聿芃走在最前面，遠離爭吵的戰場，康晉翊只能在一旁安撫，小蛙要打工不能來，但是如果半夜來得及他還是想殺過來。

「沒聽到了嗎？」汪聿芃好奇的問，因爲他心情變好。

「嗯，沒聽到了。」童胤恒開心的笑著，「昨天睡得超級好，今天一整天也都沒再聽見了。」

「哈哈，」汪聿芃隨口回首，「大概是因爲她們跑去找簡子芸了吧！」

……童胤恒的笑容瞬間僵在嘴角，還說不定眞的是？

「妳少說兩句，簡子芸已經很緊張了！」童胤恒趕緊警告，「別嚇得她晚上不敢待。」

「那我們待就好了啊！」她回得理所當然，「你覺得是收藏家嗎？」

「我不想猜。」童胤恒朝下方望去，「因爲不管是生還是死，都是小孩子，讓我覺得很不舒服。」

哇……汪聿芃也停下腳步，看著底下一整片整齊的墓園，看來這就是簡子芸小堂妹原本的長眠之所了。

「好大喔！除這裡外……左右兩邊都還有耶！」汪聿芃踮起腳尖想看個仔細，從山頂往下看有三大塊，左中右，每一直條都有一整條密集的小樹林相隔，「這很寬耶，我們人夠嗎？」

不說每一區塊的寬度了，長度也很驚人啊，從這裡走下去到底……少說有三百公尺！

「這麼多封鎖線，被盜的墓眞不少啊！」童胤恒回頭，他們還在吵，「喂，好了！不要再吵了！」

康晉翊無力的把蔡志友拉開，「適可而止吧，你現在是都市傳說社耶！」

「我只是預防誤判！」蔡志友很認眞的，「我當然知道這是都市傳說社啊，我今天都捨命陪君子了耶！」

「不必這麼委屈！」簡子芸冷哼一聲，快步往童胤恒身邊奔去。

「喂，我說眞的，誤判怎麼辦？」蔡志友也很無辜，「我們現在都是過街老鼠了，還是要小心點啊！」

「好好好，先抱持懷疑，但不要一味的反對她。」康晉翊拉過蔡志友，「你跟我解釋破壞門鎖翻書兼跳舞，是能錯覺到哪邊去！」

「不是……社長，你懂冤有頭債有主……」

「我懂、我懂，但都市傳說不懂。」康晉翊即刻打斷他的話語，「我知道你認爲無緣無故那些娃娃去找簡子芸做什麼對吧？」

蔡志友食指立刻指向康晉翊，這就是他的重點：「所以我覺得她是被太多消息影響到潛意識……」

「都市傳說沒有原因。」康晉翊拍拍他的肩頭，「快點習慣吧。」

探索原因咧，他無力的搖著頭，也把蔡志友甩下，趕緊到簡子芸身邊好生安撫。

小堂妹的墓離公車站這山頂很近，往下看就能看見，至於其他也被盜屍的墳墓就很散，目前九號公墓一共有八個，警方清查，清一色都是十歲以下的幼童墳墓。

「十歲以下，越來越像收藏家了！」汪聿芃忍不住回身，「知道是埋多久才挖的嗎？埋很久再挖好像有點怪。」

「一般都是新鮮貨啊，收藏家都有進行防腐或把屍體做成物品。」康晉翊提起這個還是不太舒服，因爲無論如何，屍體總稱不上是美的事物。

蔡志友由後跟上，看見這麼一大片墓園也有點驚訝，他們才五個人，是要怎麼守啊？

「喂，這是……要怎麼知道那位會去挖哪座墳？」蔡志友一愣，「不對啊，怎麼確定他今晚會來？」

「昨天有一個小朋友剛下葬。」簡子芸當然是探聽過才跟大家說的，「與堂妹隔了幾天，我們也只是賭賭看。」

「爲什麼不先去娃娃家？」汪聿芃根本沒在聽他們說話，「我想見見人偶製造師！」

康晉翊當下倒抽一口氣，回頭看向簡子芸，「妳答應她的？」

「我哪有可能答應這個，見不見又不是我決定的！」簡子芸飛快搖頭，雞皮疙瘩跟著竄起，「而且昨晚我才看見他那個……娃娃，我今天完全不想見到他！」

不，不只今天，她希望永遠不要再看見！

「可是她們不是希望妳去找她們嗎？」汪聿芃不解的歪頭，「我以爲這應該是暗示，希望妳去看看她們啊！」

「噢！」箇子芸難受得停下腳步別過頭，康晉翊趕緊上前安慰，一邊朝汪聿芃擠眉弄眼。

好啦！童胤恒趕忙拉過她，「箇子芸就不舒服，她不想看。」

汪聿芃困惑的看著把臉埋進掌間的箇子芸，進入她房間的娃娃不正是這個意思嗎？她們希望副社去找她們啊，好不容易都來了，娃娃們不是近在咫尺嗎？

「那我們去吧。」她揚起頭，瞅著童胤恒，「走。」

走？走？他都還沒有回答，汪聿芃拉過他的手就往前走了，「等等等——」

「去哪？童子軍？」

「再聯繫！不是……副社，妳老家是哪裡？」童子軍連忙扯住汪聿芃，「妳連去哪裡都不知道，急什麼啊？」

「你會知道啊！」她回得理所當然，「啊，如果他是都市傳說的話！」

「我不想用這種方法知道！」童胤恒直翻白眼，今天是難得的安寧日好嗎！他已經受夠小孩哭聲了！

他拉著汪聿芃回去跟大家會合，討論著在哪兒會面，因爲一旦汪聿芃想做某件事，不讓她去是不會死心的，所以他們去一趟箇子芸的老家，反正也進不去，在外面晃晃即可……萬一他聽見什麼的話，只怕就眞的是都市傳說了。

康晉翊說要去吃東西加採買零食，如果大家決意晚上在這兒埋伏的話，也要好好規劃到底要躲在哪裡，這片墓地比想像大得太多；簡子芸認爲就在剛下葬的孩子附近就好，但又不能太靠近。

重點是最近警方有加強墓園防備，他們還得小心，不要人沒抓到，自己反而變成盜墓者。

約好日落後在某間賣場見面，獲得地圖後，他們便兵分兩路。

簡子芸住的小鎭非常清幽寧靜，汪聿芃走在人行道上，兩旁都是歐式的透天厝，各家庭院裡又是百花爭妍，非常歐洲風情，走在前頭的她，甚至還開始在紅磚上跳起舞來了。

「妳小心不要跳到馬路上。」童胤恒在後面唸著，同時一輛車子呼嘯而過。

「這裡眞好！」她轉著圈，「收藏家幹嘛選這種地方？」

「就是因爲寧靜吧。」他淡淡說著，他眞不希望是都市傳說。

但是從他這幾天隱約聽見的哭聲跟求救聲來說，八九不離十……啊，童胤恒舉起右手，攤開的手掌指尖開始微微發顫，又來了，好不容易片刻的安寧……

『哇哇哇——哇——求求你！』

『啊——』

語焉不詳的哀求聲，伴隨著尖分貝的長嘯聲，每個聲音裡帶著都是絕對的驚恐，小孩子哭得亂七八糟，聲聲懇求裡是滿滿的害怕，在求饒聲後則是更慘烈的哭聲！

聲音越多種了，童胤恒撫著頭，而且人數也越來越多。

「童胤恒！」汪聿芃直接撲抱上來，大方的環住他，「哈囉！」

他兩眼發直，看著環著他的女孩昂起頭，用過分清澈的眼睛看著他。

「……哈囉？」這哪門子招呼語？

「分心了沒？」她眼睛眨得飛快，「還聽得見嗎？」

童胤恒一怔，狐疑的豎耳傾聽，還真的沒注意到慘叫聲是什麼時候不見的！

轉了手腕看著自己的右掌心，仍殘留些許的顫抖。

「沒了。」他擰緊眉心，「感謝妳的熱情，是不是可以稍微鬆一下手？」

「噢！」她鑾不在乎的鬆開環抱，但卻大膽的拉著他外套，「有聽到什麼有用的線索嗎？」

「沒有。」秒答外加翻白眼，「我不喜歡聽見那些！」

「但是這很重要啊，只有你聽得見都市傳說耶！」汪聿芃用一種讚嘆的口吻說著，「這像一種窺得天機的感覺，先知啊！」

「先妳個頭！」童胤恒不爽的直接拉開她的手，「啊妳也看得到啊，先知啊！」

「我哪看得到啦！我從頭到尾也只看得見夏天學長的列車而已啊！」汪聿芃抽回手，轉身往前跑，「快點吧，我想去看看簡子芸的——」

砰！走路不看路的後果，就是直接將甫出店的男人撞了個滿懷，力道之大令汪聿芃狠狠撞上後甚至反彈。

事情發生得太快，童胤恒距她有一段距離，根本鞭長莫及！只是對方反應也算快，及時抓住了她，汪聿芃也非常不客氣的拉住受害者的外套，防止自己直接摔上馬路。

「……嗨。」她斜斜的站在人行道上，全靠拉住人家外套保持平衡。

男人沒回應，他抓著汪聿芃的手，使勁往回拉，然後嫌惡的想扯掉自己被她扯住的外套。

「對不起對不起！」童胤恒趕忙上前，拉掉汪聿芃緊抓著的手，「喂，妳死抓著人家外套幹嘛！」

汪聿芃噢了聲，卻望著男人目瞪口呆。

男人低頭看著自己的外套，還心疼的拍拍順便拉了整，他手上拎著一大袋東西，才一出店外就被沒看路的汪聿芃撞上了；童胤恒連忙道歉，推著汪聿芃叫她說兩句，她卻看人家看到出神。

是，帥哥！而且是那種雅痞型的氣質，雖然留了點鬍子，又一頭長髮隨意紮起，但是那牛仔外套、T恤加牛仔褲的頹廢風，人帥什麼造型都適合。

「走路要看路。」男人開口沉著聲，不太高興的唸著。

「抱歉！」童胤恒又再一次道歉，但到底爲什麼他要道歉啊啊啊！

「好香喔！」汪聿芃湊前，眉開眼笑的看著男人，「你的項鍊好好看！」

男人有點緊張的隨著她的湊前而後退，撫上自己的皮製頸鍊，「謝謝。」

蹭這麼近幹嘛啊，狗嗎？童胤恒忙把她往後拉，低聲叫她道歉啊。

「抱歉。」汪聿芃漫不經心的說著，視線落在男人的手上。

繽紛的手指頭，上頭滿滿殘留的顏料，童胤恒想起簡子芸所描述的娃娃，加上這人渾身的藝術風格？

男人非常酷，轉身就走，童胤恒拉著汪聿芃跟在後頭走，一邊拿起地址對照……男人走下人行道，穿越到對面那深綠色的大門前——是他！

「我想買娃娃！」一眨眼似的，汪聿芃已經衝到他身後，並且在男人把門關上前擋住了門。

跑這麼快是要死了嗎？現在綠燈耶？還在人行道對面的童胤恒完全不懂她是在拿命衝嗎？

男人皺眉，「什麼？」

「你就是那個赫赫有名的人偶製造師對吧！」汪聿芃用超級誠懇的眼神看著

他，「我想要買人偶！」

焦急的童胤恒終於找到空檔穿越馬路，來到汪聿芃身後。

「我沒有在販售！」男人不悅的想推開她，「放手！」

「我很喜歡娃娃，不然讓我參觀嘛！」汪聿芃根本死皮賴臉到極點，還想推開門，「我聽人家說這裡搬來一個人偶製造師，你製造人偶卻不販售好奇怪喔？」

「我的娃娃都是獨一無二的非賣品！」男人低聲咆哮，「要賣也賣有緣人！」

汪聿芃立馬舉手，「我！有緣人！」

這話是自己說嗎？童胤恒趕緊賠上笑臉，「我們是特地來的，聽說有很多人偶，不賣的話讓我們看看可以嗎？」

『不可以唷！』

喝！童胤恒突然僵住了身子，與汪聿芃一同撐著門的手回收微顫！

汪聿芃立即察覺到不對勁，她才一分神探視童胤恒的狀況，男人便不客氣的推開她，砰磅的把門給關上。

汪聿芃踉蹌差點跌落馬路，及時止步，「喂！」

童胤恒整個人僵硬得完全無法動彈，因爲太多聲音圍繞在他耳邊了！

『好沒禮貌喔！』

『娃娃是獨一無二的喔！』

『錯了喔！』

『不在那裡唷！』

童胤恒痛苦的閉緊雙眼，他也沒有想知道她們在哪裡的意思啊！這在對他說話嗎？

「童胤恒！你還好嗎？」汪聿芃忙跟著蹲下來，「好密集喔你！」

「我可不是自願的。」童胤恒突然吁了口氣，聲音再度遠去，「很奇怪，這一次好像是特地找我說話似的！」

「噢噢噢，都市傳說親自跟你說話嗎？」汪聿芃雙眼熠熠有光。

童胤恒抬起頭，跟汪聿芃在一起，每個人都會變成無奈自動產生器，「我覺得這個都市傳說有點不對勁。」

「收藏家」不該是哭泣尖叫或是嘻笑的代表吧？

汪聿芃主動扶童胤恒起身，他嚷著想喝點暖的平復心情，這時就會覺得飲料好像真的是個不錯的選擇，每次聽見怪異聲音時的發冷哆嗦，都要靠甜食讓自己舒服些。

靠著電子地圖，他們找到了就近的咖啡廳，這裡有安撫心情最佳飲品巧克力，童胤恒坐在窗邊靜靜的喝著，汪聿芃這時就會很識趣，完全安靜的陪著他，一句話都不說。

這次聽到的東西有點奇怪，他第一次明白自己聽得到都市傳說的聲音時，是「幽靈船」事件，船上的喝令下錨聲，後來才確認那正是都市傳說的聲音；後來當「外送」的都市傳說竄出時，他也只聽到牆面移動聲，全是源自於都市傳說。

可是這次聽見的好雜，甚至讓他覺得不是源自同一個地方。

而且，「不在那裡唷！」「找錯了」又是什麼意思？

概略整理思緒後，他把最近幾天聽見的一切告訴汪聿芃，對面的她雙手托著腮，吸管在嘴裡不停喝著水果茶。

「哭的先不管，說話的會不會跟副社同一個？」汪聿芃舔了舔唇上的飲料，「不覺得她們就是一副你們應該找到她的心態嗎？」

「……妳知道妳這種假設，」童胤恒沉著聲，「是代表對方知道我聽得見嗎？」

「嗯？我一直都假設他們知道你聽得見啊！」汪聿芃笑了起來，「幽靈船的時候，船長不是都知道你聽得見嗎？」

夠了！童胤恒低首扶額，算他找錯人訴苦了可以嗎！

「不要跟副社說我聽到的事，」他有些遲疑，「只要講我們被人偶製造師趕出來就好了。」

「我們連進去都沒進去，怎麼趕出來？」汪聿芃趴在桌上，嘴唇吊得老高，「就不能想個辦法進去嗎……唉，就算懷疑他，沒證據也不能厚……」

「汪聿芃！」童胤恒這三個字是警告，擅闖民宅是違法的。

再說，她要怎麼擅闖民宅啦？

「我覺得那個人偶製造師……怪怪的。」她歪著嘴，眼神飄向遠方，「很帥，但怪怪的。」

「很帥是重點吧？妳剛看他看傻了。」童胤恒有點驚訝，他沒想過汪聿芃喜歡那一型的。

「嘿……」她露出一抹羞赧，「有點驚訝啊，跟想像的不太一樣，我以爲是上了年紀、很孤僻之類的，你說他是不是眞的很帥，應該說很性格，還帶了種藝術家的頹廢感。」

「好好好，CHARMING。」童胤恒直想翻白眼，「我對怪怪的部分比較好奇，除了他看起來的確孤僻外。」

「藝術家難免……但是人偶製造師不賣人偶？」汪聿芃歪歪嘴，「還有他的裝扮，我說不上來，但就是讓我覺得不舒服。」

裝扮嗎？童胤恒回想著那人偶製造師的裝束，其實還蠻有時尚感的，而且還有點帶了點搖滾風。

「他也沒說不賣，說了只賣有緣人，大概妳就不是有緣人吧。」童胤恒挑了眉，他們這種見面法，應該沒有人會把他們當有緣人。

「而且你聽見了。」汪聿芃看向他，雙眼晶亮。

「我聽見聲音不代表跟他有絕對關係，昨天我在快餐店吃飯時也聽得見啊！」他在她開口前繼續說，「但我不是說人偶製造師可以排除關係，他住這裡，離墓園也近……但說穿了，我們沒人知道收藏家到底長怎樣。」

因爲歷史上太多「收藏家」了啊！

汪聿芃略微勾起嘴角，「晚上就知道啦！」

如果，今晚能順利抓到的話。

童胤恒總覺得自己一定是瘋了。

夜深人靜，他們在黑暗中哆嗦，燈也不敢開，手機也不敢拿，就怕亮光會曝露自己的位置，一行五個人眞的躲在簡子芸家附近的墓園裡，期待能活捉「收藏家」掘墓的過程。

這眞的可行嗎？童胤恒蜷在一座墓旁，心裡默唸著對不起，一邊覺得這有點荒唐……他絕對相信都市傳說，在歷經這麼多事之後，沒什麼好懷疑的。

但如果眞的有「收藏家」這樣的都市傳說，對方會不會早知道他們？

再來，這個都市傳說讓他不太舒服，是因爲這是曾發生過的諸多眞實案件，各式各樣的「收藏家」都有，最近的是數年前而已，犯人不但活著，而且在精神病院療養中。

戀屍癖，這是重點。

百年來的「收藏家」多數已不在世上，這個都市傳說流傳下來是因爲有層出不窮、生活在眞實世界、在你我身邊的罪犯！

他們五個人也不敢分太散，集中在剛下葬的女孩墓地附近，形成一個圓，希望如果有人來盜墓，至少能堵住他的退路。

康晉翊留意著附近的人影，在他右邊的是簡子芸，蔡志友因爲體形壯碩，所以最靠近女孩的墓，必要時才能先擋下；連手錶都看不清，墓園裡實在太暗了，這種光線下，就算簡子芸的位置換了人他也看不見……呸呸，他在想什麼啊！不要在這種時候想那些有的沒的。

從來沒想過自己會對一件事這麼有熱情，熱情到半夜埋伏在墓園裡，究竟是想抓到「收藏家」，還是想找到盜屍的混帳？

不管哪個……他忍不住微顫雙腳，他也想到了「收藏家」的身分，多少帶了點危險。

總不可能……會是那位俄羅斯人吧？或是更久以前的某位「收藏家」，成爲永遠不死的都市傳說，繼續在收集他的「家人」們？

鏘！

清脆的聲音引起了所有人注意，簡子芸緊張的往聲音的方向瞄去，那彷彿是鏟子觸及墳墓基石的聲響！

在她的十點鐘方向！正是那個女孩的墓地！

每個人都聽到了，女孩的墓地與小堂妹是同一區，所有人的心跳開始狂飆，期待著黑暗中的人影開始挖掘，鏟土聲絕對逃不掉，要等證據確鑿，才能一舉擒獲！

信號由康晉翊負責，他一旦在半空中亮起手機，緊張到手心冒汗的蔡志友就會第一個衝上去！

光線實在太暗，簡子芸無法辨認來者是誰，是否是那天那身披斗篷的男子！任誰這個時間在墓園就絕對不可能單純……好，他們例外。

細微的金屬聲開始陸續傳來，幾乎就在同一個地方，然後沙沙音跟著響起……就是他！

康晉翊緊緊握著手機，蓄勢待發，這種事必須有耐心，讓他再挖得更深一些，更多一些——啪！

光線驟然亮起，康晉翊嚇得跳動身子，他還沒亮燈，對方先亮了。

微弱的光線就在墓碑旁，一團身影如同簡子芸所描述披著斗篷，就蹲在墓旁鏟土，看樣子是小小的鏟子，沿著基石逐漸挖開。

這下所有人都看清楚了，駝著身子蜷伏的男人，也需要燈光來照亮他挖掘的進程啊。

是他。簡子芸用力朝康晉翊點著頭，他們都藉由餘光看見彼此。

康晉翊舉高手，按下手機，男人背對著他，是不可能看見黑暗中手機的光線——就是現在！

剎！

童胤恒倏地回首，在他身後六點鐘的方向，卻傳來清楚的鏟子擊土聲！

距離兩公尺遠的汪聿芃被他嚇到的跟著回頭，怎麼了……沒有一秒遲疑，她竟倏地跳起，直接朝身後方向衝了出去！

汪聿芃！

「吼啊啊！」前方的蔡志友一股作氣的直接衝向斗篷男人！

斗篷男人大驚失色，立刻跳起，下一秒就被蔡志友撞倒在地！

「抓到了！」康晉翊也趕緊衝上前要幫忙壓制斗篷男，但斗篷男與蔡志友一落地就扭打在一起，斗篷男甚至拿鏟子朝蔡志友臉上戳！

「哇！」蔡志友嚇得掩面，肚子跟著被一擊，斗篷男不穩的趁機起身，逃之夭夭。

「童子軍！他往後跑了！」簡子芸急起直追，吆喝著後援。

後援早已不在原處。

在汪聿芃衝出去的時候，童胤恒也跟著離開了！

有另一組鏟土聲傳來！那聲音太清楚，他沒料到汪聿芃竟然也聽得見，就在他們正後方。

拿起手電筒往聲音的方向照，一時之間竟沒有任何影子。

「不要亮燈！」汪聿芃大叫著，「我會看不見！」

啥？在說什麼啊？童胤恒錯愕不已，這麼黑才看不見吧？等等踢到墓碑絆倒那可不是開玩笑的耶！

他選擇把手電筒往地上照，汪聿芃是短跑冠軍，他自然跑不過她，但至少可以爲她照亮眼前的——一抹影子飛快的掠過他們眼前，只有十公尺遠，手上還清楚的拿著大土鏟！

「一點鐘！」他大喝，汪聿芃即刻改變方向往右衝刺。

聽見童子軍的聲音在遠方，康晉翊根本傻了，那兩個人爲什麼沒在原地，還跑到那麼遠的地方去？

但他們眼前的斗篷飛揚，不可錯過這傢伙，只能卯足了勁拼命追！可是對方太熟悉這裡了，隨時切入樹林，一下又繞出來，手電筒的光永遠追不上他的速度！

他們在中間那一大區，汪聿芃往左區追逐，她靈巧的閃過一個又一個的墓碑，但是卻沒有拉近與對方的距離！

童胤恒的手電筒追著影子跑，每次都只能追到那把鐮子，直到一整片樹林在眼前時，他才驚覺不對勁！

「汪聿芃，不要再……」追……話沒說完，纖細的身影已經衝進去了，「停下！汪聿芃！」

咬牙跟著跑入，就算只有兩公尺寬的樹林，但那代表的是封閉與徹底的黑暗啊！

一進去果然略失了方向，那兩個人沒有穿出樹林，反而在這兩公尺寬的樹間林道奔跑，看起來汪聿芃與對方的距離越來越近，童子軍將手電筒略舉高，發現對方竟然也披著斗篷！

刹！對方戛然止步，汪聿芃嚇得跟著緊急煞車。

他們之間，只剩下五公尺的距離。

看不出是男是女，身後披的斗篷因適才的奔跑略爲飛揚，對方背對著汪聿芃，緊握著手上的大鏟子。

這詭異的靜默沒有影響到童胤恒，他只是減緩速度，但依然朝著汪聿芃身邊前進……

「拉住他！」

「呀——哇啊！」

右手邊的遠方傳來驚叫聲，汪聿芃立刻朝聲音的方向看去，聽起來是簡子芸的尖叫聲！

說時遲那時快，前方的人驀地回身，拋出了手上那柄大鐵鏟——直接朝汪聿芃的頭射來！

「走開！」

力量從右邊撞來，汪聿芃整個人被往左撞飛，童胤恒雙手準確抓住了從眼前飛掠而至的土鏟，不偏不倚的緊緊扣住三角抓握之處！

可扔出鏟子的力量過大，他抓是抓住了，但穩不住重心，又跟著鏟子射出的方向跌落在地！

「啊啊……」雙手仍緊握著鏟子的童胤恒狼狽的貼在地板，但不敢遲疑的即刻翻身坐起，「汪聿芃！」

「很痛耶！」她根本爬不起來，因爲童胤恒撞得超不客氣，她直接撞上樹幹了！

童胤恒抓過落地的手機忙亂的往前方照去，人不見了？再趕緊繞一圈的查看，到處都沒看見人影？

「童子軍！」蔡志友的聲音與手電筒的光跟著照過來，「汪聿芃！童子軍！你們在哪裡？」

童胤恒用鏟子撐著地面起身回應，「這裡！」

左前方的汪聿芃也扶著樹站起，身體撐著樹，剛剛左邊著地，所以左肩垂掛著，看起疼得要命。

「你們在幹什麼啊？差一點點就可以抓到那傢伙了！」蔡志友走進林子裡，氣急敗壞。

「都還好嗎？」奔來的康晉翊亦氣喘吁吁，手裡緊捏著一塊破布。

「我……」童胤恒才要說些什麼，駭人的移動聲令他僵了身子。

沙——巨石移動的聲響傳進耳裡，下一秒是撞擊聲，咚叩——咚叩，啪——是木材，是木頭被劈砍的聲音。

棺木？

『終於找到了，多完美啊。』

動不了……童胤恒聽著拖曳聲，他完全動彈不得！

「在哪裡!?」汪聿芃踉蹌的衝過來，童子軍又聽見了。

但現在的童胤恒不能動也無法說話，只能兩眼發直的被強迫聽著那拖屍的聲響，來人打開棺木上蓋，接下來是東西被拖出的聲音，然後……然後……

遠遠的，傳來咆哮聲。

「喂——你們在幹什麼?」

第五章 疑犯們

學生們狼狽的一字排開，每個人都灰頭土臉，身上不是落葉塵土就是擦傷瘀青，黃警官認得正梨花帶淚的簡子芸，她膝蓋撞擊到墓碑，摔得挺嚴重的，剛剛還做了緊急包紮。

「褐色斗篷的男人，妳說過了，我知道。」他看著學生們的筆錄，「就因爲這樣，你們半夜埋伏在這裡，爲了要抓那個人？」

五個學生默默的點點頭。

哎唷，警察嚷著不住撓撓腦袋，現在的學生腦子裡到底在裝什麼啊！自以爲是名偵探柯南，到這裡來辦案了？

「我說過，我們會……」

「活人比死人重要。」簡子芸幽幽接口，「你們會把力量放在失蹤兒童身上，而不是一具消失的屍體。」

黃警官扯了嘴角，有點不高興，「簡同學，妳是在指我們吃案還是怠職嗎？」

「怎麼敢？」簡子芸別過了頭，「我只是體諒你們的工作負擔大，所以我想自己來。」

這擺明的就是說他們不會認眞找屍體了。

「同學，我們是人力不足，監視錄像照樣有在查了好嗎！才兩天而已，妳那天還很體諒我們的啊！」黃警官完全無法理解，「你們現在弄這麼一齣，要我們怎麼辦？我們得把你們當成現行犯耶！」

「什麼現行犯？」康晉翊立刻發難，「我們只是在抓盜屍者而已，我眞的都抓到他的斗篷了，不是給你們了嗎？」

在追逐中，康晉翊扯下了對方斗篷的一角，是塊棉麻布。

「就只是追？」警方互相交換眼神，「那對方抱著屍體跑嗎？」

嗯？這讓學生們不解。

「誰抱著屍體跑？我們沒等他挖屍啊，他在旁邊挖土時我就衝上去了！」蔡志友舉起緊握著的右拳，「看，我揍他還受傷耶！」

他的指節上有攻擊性傷口，這部分也已採證。

「但是，還是有具屍體不見了啊！」這才是黃警官頭大的，又一具！

「咦？」康晉翊與簡子芸都異口同聲，「沒有啊！」

斗篷男只是在挖基石邊的土時，蔡志友就衝上去了，接著他們扭打，大家追上前，只顧著想抓到對方，簡子芸才會沒看路的被墓碑絆倒……等等，康晉翊緩緩的轉向坐在最左邊、始終不發一語的另外兩個人。

沒有在指定地點堵住斗篷男的傢伙。

「有另外一個人。」童胤恒沉著聲，雙眼看著雙腿，「我是聽見鏟子聲才追去的，但我們沒追到……」

他們上交的證物，的確有一把土鏟。

「還有另一個？」黃警官胃也開始疼了，「也斗篷？」

「對，披著斗篷，什麼顏色看不清楚，但是他就是收藏家！」汪聿芃突然斬釘截鐵的說著，簡子芸想叫她閉嘴都來不及，「他跑得快到不像人！」

先不要說啊啊啊！怎麼可以這麼快就把「收藏家」的事說出來啦！

「收藏家？」警方果然狐疑，「你們知道是誰在盜屍？」

「收藏家啊，就是──」

「我們自己取的綽號，因爲連續盜屍，我們想這個人是不是有收集屍體的癖好！」簡子芸趕緊打斷汪聿芃的激動，趁著大家注意力移到她身上時，童胤恒在她腿上捏了一把。

噢！

汪聿芃委屈的看向童胤恒，他眼色使得都要抽筋了，她還咬著唇覺得自己可憐！

她差一點點……不，那種速度她根本追不到，而且誇張的是對方速度刻意與她保持一定距離，她跑快他就跑快，她緩下他也緩下，永遠鎖著固定的公尺數！

到底哪個選手可以定速奔跑啦？她才不相信那是普通人！

「是啊，我們也在朝這方向調查，不只我們墓園，隔壁鎮也有盜屍的案子，目前一共跨了九個市鎮啊！」黃警官相當疲憊，「我拜託你們，不要再來攪和了，我們人力眞的很吃緊！」

「對不起。」康晉翊一向是個俊傑，即刻道歉，「我們只是想快點抓到可惡的犯人！」

「我們也想，但這種事急不得。」黃警官看孩子們態度軟化，也跟著客氣起來，「但你們今晚提供的線索，都有助於我們調查案子，褐色斗篷，一百七十多公分的身高，還有……屍臭味？」

蔡志友爲難的點點頭，「他身上眞的超臭，好像屍臭味一樣可怕！我近距離撲倒他的，一聞到就反胃。」

屍臭味啊……正常人身上會有那種味道嗎？

童胤恒遲疑不已，同一時間，兩個斗篷男都在墓地，兩個都逃脫，一具屍體消失……

「請問，不見的屍體是昨天剛下葬的那個小妹妹嗎？」童胤恒突然發問。

黃警官有點遲疑的看向他，搖了搖頭，「不是，這是已經死三年的少女。」

黃警官補充說明，不但不是小朋友，而且是個十六歲的女孩了。

不是新鮮貨？這會是「收藏家」嗎？

最終大家留了資料，警方倒也沒多作爲難，警告了下次不許再這樣，然後他們得去忙晚上被挖開的那座墳了。

再三道謝兼道歉，隨著天亮，他們也剛好可坐車回學校。

「那個……」簡子芸突然回身，看向負責的黃警官，「我如果覺得有誰古怪的，可以說嗎？」

「怪怪的？妳是指有懷疑的對象？」黃警官猶豫著，「沒有證據前我們都不能說對方是嫌犯，但是我會多留心。」

「我也不知道是不是懷疑的對象，但就是有一個很怪的人。」簡子芸立刻借了便條紙，將地址寫上，「那間是我家的房子，租給一個新房客，他說他是人偶製造師，我曾看見許多非常詭異的娃娃。」

接過字條時，黃警官一下就知道那是哪間。

「人長得很帥，但是很孤僻，說是人偶製造師，但又說不隨便賣娃娃。」汪聿芃立即接口，「說只賣給有緣人。」

很帥？康晉翊錯愕的轉過去，「妳見過啊？」

「我撞上的！」她回得自然，「昨天下午遇到他，結果看他走回簡子芸說的屋子裡，超凶！」

「呃，所以妳爲什麼懷疑這個人？」警察甩動著紙條，總得要個理由。

「說不上來，他的娃娃很可怕，臉像是用石膏塗抹的，而且隨便畫毫無美感……」簡子芸想著要怎麼說服警方，「啊，他做的娃娃都很大，像小孩子一般高！」

順手比了一個身高，的確不是放在櫃子上的小型洋娃娃，她記得那天在她房裡，那與她面對面的娃娃，至少有五歲那麼高。

一見到她比的身高，警方果然就在意了，他收起紙條，說會特別注意那個人偶製造師，有機會就會去找他聊聊。

簡子芸突然覺得自己決定開口是對的，因爲即使她是房東的女兒也進不去，說不定警察反而方便許多。

「會不會其實他只是美術天份很差？」蔡志友又在唱反調了，「娃娃畫得醜，不等於……」

康晉翊直接肘擊，少說兩句會死喔！

蔡志友搓著手臂，他就說眞的啊，娃娃本來就是會令人有聯想的東西，長得醜也是原因之一，可簡子芸就像是被那五官駭人的娃娃嚇到後，才一直針對那個人偶製造師嘛！

臨去前，童胤恒接住的鏟子還在桌上，在光線下細看才發現鏟子相當陳舊，木柄斑駁不說，那鐵鏟部分都鏽蝕得嚴重了，拿這種東西挖墓，也算是厲害了。

汪聿芃刻意再多看了兩眼，拿出手機問能不能拍。

「好歹這是我們搶到的啊！」她客氣的問，「不上傳，自己看。」

「拍這個做什麼？你們搶到一把鏟子？」員警覺得好笑。

「這個差點爆我頭耶！」汪聿芃咕噥著，還是拍了照，「這個都生鏽了，這種也能挖掘嗎？」

感覺鐵鏟脆弱到一敲就會碎了。

「好歹還是鐵吧？」童胤恒湊近瞧著，「上面有刻字耶？」

鐵鏟背對著放桌上，背後下緣的確有刻痕，只是看不太出來寫些什麼……

「應該是哪個製造處吧，都會有……好了！」員警催促著，「快回去上課吧，學生就是好好唸書！」

汪聿芃趁機特寫，把那疑似有刻痕的部分再拍了一張。

一行人在門口再次道謝後，拖著疲憊的身子朝站牌走去，一夜未眠又疲軟，朝陽逼得他們睜不開眼；簡子芸右膝撞得不輕，由康晉翊細心攙扶，一拐一拐的步行。

「不是英文字耶！」汪聿芃放大照片端詳著，「可是看得很不清楚！」

「妳眞的拍喔！」童胤恒湊前看著，「回去用軟體把對比加深，將字體突顯出來。」

「那不是像made in哪裡的字樣嗎？這麼執著？」蔡志友不解。

「反正就看看嘛！又不會少塊肉……」汪聿芃唸著，一邊先用手機的相片軟體加深對比是吧？加深——「嗯？」

「怎麼了？」來到站牌前，童胤恒望著停下腳步的她。

「好像……」她打直右手，螢幕對著他，「俄羅斯文喔！」

回到學校後，課也不必上了，累都累得半死，決定分別回宿舍睡覺，但簡子芸不太敢回去，想起前天夜晚入侵房間的「娃娃」，她的門鎖現在還是壞掉的狀態，加上室友全數不在，她決定窩在社辦，就著沙發當床休息也好。

康晉翊無法放心，所以陪著她，也說了晚點去買鎖，幫忙到她家安裝橫栓。

童胤恒向來是乖寶寶好學生，體能當然也不錯，所以再累他還是決定去上課，要睡晚上提早睡就是，蔡志友也打著呵欠回去，汪聿芃下午才有課，所以還有一點時間掙扎，但她精神奕奕，完全沒有一絲疲憊。

「那個人……就站在我們後面耶……」她一個人站在社辦門口自言自語，「看著我們嗎？」

說著，她打了個寒顫。

昨天夜裡當童胤恒倏而回頭時，她也嚇到了，一轉頭卻看見正後方竟有人影站在那裡，距離很遠，但對方拿著鏟子抵著地面，的的確確像是看著他們的！

她說不上來為什麼她會看得這麼清楚，其實也不是像白天如此清晰，但就是可以明確的見到一個人，彷彿凝視著他們。

想到這裡她就後怕，他們在墓園裡埋伏多久？那個人是什麼時候來的？就在他們後面？注視他們多久呢？說實在的，如果那個人想對他們不測，根本輕而易舉吧？

因為沒人知道啊！

「誰看著你們啊？」

喝！聲音忽地從後方耳邊傳來，汪聿芃嚇得回頭，眼珠瞪得超大，只差沒有放聲尖叫。

于欣好奇的盯著她，怎麼有人會待在社辦外面自言自語的呢？

「……妳嚇死我了。」良久，汪聿芃好不容易才吐出這句，眼看著竟快哭出來了！

「呃……妳不太像快被嚇死的樣子。」于欣中肯的說，但她知道汪聿芃反應跟常人不同，「沒關係，抱歉，妳還好嗎？」

用力搖著頭，汪聿芃一點也沒在客氣。

「好好好，我錯，妳一個人在這裡說話，也沒壓低音量嘛！」她趕緊要拍拍汪聿芃的背，但她下意識閃躲她的觸碰。「好啦，爲什麼不進去？」

「他們在睡覺。」汪聿芃又轉頭，額頭靠在社辦的牆壁上，嚇死她了！她覺得三魂七魄都快不見了！

「睡？」于欣覺得莫名其妙，悄悄推開門一瞧，沙發上側躺著簡子芸，膝上的包紮又大又腫，另一邊的躺椅上睡著康晉翊，看起來睡得很沉啊。

她拉上門，滿是好奇的望著汪聿芃。

「好啦！但不能寫。」她沒有掩飾，「我不喜歡妳寫的報導。」

「暫時不寫。」于欣也很老實，又還不知道是什麼。

怕吵到睡覺的人們，汪聿芃刻意拉著于欣離開門口，往旁邊移一點，接近鐵皮屋的左方出口才說出「收藏家」的懷疑，以及昨夜埋伏墓園的事。

于欣越聽越驚爲天人，這群人眞的是瘋了，連夜伏墓園都做得出！

「你們不會怕的啊？墓園耶！」她眞不敢相信！

「怕什麼？」汪聿芃咬著唇，「是啊，現在想想眞的很可怕，他在我們後面多久了？」

「那是墳墓耶，就、就死人跟阿飄啊！」于欣沒聽見她的喃喃自語，「收藏家又是怎麼回事？又一個都市傳說？」

汪聿芃點了點頭，「還不能百分之百確定，但眞的有人在盜屍啊！」

「眞不錯的題材！」于欣轉著眼珠子，又開始思考要寫什麼了。

「說了不能寫！」

「就說暫時不寫！」于欣哪可能把話說死，「你們也還不能確定啊，不過再怎樣，盜屍都是很噁心的事！」

「就是，昨天社長也沒追到，只扯下對方斗篷上的一塊布，童胤恒接到一把鏟子……一個人都沒抓到。」汪聿芃遙望遠方，「收藏家也不是那麼容易能捉到的吧！」

「不管是什麼，你們不要這麼衝吧！萬一不是什麼都市傳說，是壞人呢？」于欣覺得這票人眞的是瘋了，「想上眞的新聞版面喔？」

于欣的話讓汪聿芃更加不舒服，是啊，是壞人的話，昨天他們被人盯著渾然不知，眞的想害他們太容易了。

「不過你們社團都沒發相關訊息啊，眞的還要指導老師同意嗎？」于欣滑著手機，沒瞧見新文章。

「應該吧，指導老師有權限……啊，不過副社另外開一個版，她有先發收藏家的都市傳說了。」汪聿芃略踮起腳尖，想指給于欣看時，突然一怔，「喂，妳不會有在錄音吧？」

于欣挑了眉，把手機塞給汪聿芃，「喏，給妳檢查，有錄音上面會有圖示有沒有？」

汪聿芃看著手機左列上方，的確沒有錄音的圖像，但她認眞的看著于欣，兩人對視五秒後，她依然覺得于欣的話不能信，所以滑她手機找到錄音的程式，一個個點開確認。

呼，她鬆口氣，果然沒有在錄音。

接著她出示簡子芸開的新社團，才兩天而已，已經有一千多人留意到了。

「這個，詳細的她會發在這裡。」把手機還給于欣時，汪聿芃露出可愛的笑容，「這是副社個人名義開的喔，跟都市傳說社完～全～沒有關係！」

「噗……」于欣接過手機，「不錯嘛，挺厲害的！這就是我說的，外面一堆人怎麼寫都行，多少版在討論怪談，針對你們社團就太超過了！言論自由呢？」

汪聿芃點頭如搗蒜。「我也不懂大家爲什麼這麼生氣，我們說的明明是實話啊，而且……也是在幫大家不是嗎？」

「只能說世界上什麼人都有，不過現在那些黑粉轉向攻擊我了，我忙得很咧！」于欣唉了聲，「妳說，如果我可以親自採訪到都市傳說，那該有多好？」

「想太多了妳。」汪聿芃嘟起嘴，「遇到的話，很麻煩的，哪有可能讓妳採訪啦！」

于欣聳肩，朝社辦裡瞥了一眼，「喂，我有事想跟康晉翊他們討論，等他們睡醒再說好了。」

「我們明天要一起吃早餐。」汪聿芃提議著，「七點一起吃玉米蛋餅！」說起玉米蛋餅，大家都知道哪一間，學校附近有一間玉米蛋餅赫赫有名呢！

「哦？」于欣想了一下，立即點頭，「好，我會到！順便看有沒有更多都市傳說的事給我報啊！」

「不能報！」汪聿芃沒好氣的唸著，「什麼都不確定咧，妳想寫的話……先寫活人的事吧！」

「活人什麼事？」于欣忍不住扯了嘴角，「小姐，我本來都是寫活人的事好嗎！」幹嘛講得她活像寫訃聞的。

「最近有一些小朋友失蹤，警方辦活人的事都來不及了，所以對屍體的事比較分身乏術之類的。」汪聿芃也查過了，的確有這類新聞。

「我又不是寫社會新聞的，我寫校園新聞！」她的手機突然響起，是鬧鐘，「啊，好了，我要去採訪你們的指導老師，再聊！」

指導老師？聽見這個名詞汪聿芃忍不住皺眉。

「他要讓妳問什麼？」

「他沒讓我問啊，是我要去堵他的！」于欣邊說已經直接掠過她跟前，往出口跑了，「我得在他下課前堵到他！」

廖軍哲，這節有實驗課，下兩節都沒課，再怎樣也能給她十分鐘，問問成為「都市傳說社」指導老師的看法，以及他對審核社團貼文的「職權」有些什麼想法囉。

言論自由之戰尚未結束，同志仍須努力。

于欣悄悄按著胸口，新貨果然厲害，不會有人發現！

目送著于欣奔離，汪聿芃這才打了個呵欠，糟糕她開始想睡覺了……風從鐵皮屋左右兩端的出口灌入，微冷的搓搓雙臂，汪聿芃這才留意到整個鐵皮屋社團的空地上，現在都空無一人。

腦中又浮現出正後方那個人影，她雞皮疙瘩都竄起了。

趕緊鑽進社團裡，躡手躡腳的走進最裡面的辦公桌區，就著辦公桌趴下睡一下……就睡一下，下午她還有課、有課……

「新方法好像挺有意思的。」

「我之前也沒想過這樣做，廖仔的課眞是越來越有意思了。」

「我還想試別的！」

學生們魚貫走出實驗室，在門口的于欣靜靜的等著下課的學生全數離去，這樣她才好跟廖軍哲說話。

站在外面都能聞到刺鼻的藥水味，每個學生都剛做完實驗，看起來學生對這老師評價不錯，而且這堂課人數眞不少，卻沒幾個人缺課。

這樣可以算是好老師吧？這樣的老師對於被指派到「都市傳說社」當指導老師會是怎樣的看法呢？審核貼文時不會覺得違背心意嗎？

于欣默默的從後門進入教室時，還有幾個學生纏著廖軍哲在問問題，她不動聲色盡可能低調的找個位子坐下，剛剛這堂是實驗課，實驗桌上都是器材，空氣中有著不太好聞的福馬林氣味，前頭桌上擺滿了學生們剛放進的各式生物，動植物都有，還貼著名條標籤。

終於等到學生離開，廖軍哲明顯的鬆了口氣，轉身準備擦黑板時，注意到後門某張實驗桌的不速之客。

「嗨，老師！」于欣大方的打招呼。

「呃……妳好。」廖軍哲當然認得她是誰，那天情勢不變的首要關鍵人士。

「我是校刊社，于欣，老師應該還記得我吧？」她堆滿笑容，廖軍哲冷冷笑著，轉身擦黑板。

「我想很難忘得了吧！」他邊擦黑板一邊搖頭，眞是無奈萬分，「妳跟學校的事別扯我，你們自己去角力吧！」

「只是想問老師一些問題而已，不必緊張啊！」于欣哪可能退讓，「主題就……談談成爲都市傳說社指導老師的想法吧。」

板擦擦過最後一道粉筆處，廖軍哲背對著于欣嘆氣，「沒什麼感想。」

「總會有一點嘛，像您是怎麼成爲指導老師的呢？投票？自願？以前就聽過都市傳說社嗎？」于欣連珠炮般的問著，廖軍哲重重的放下板擦。

回首看著半趴桌前的于欣，她正拿著手機對著他，想必是在錄音。

「我不回答妳大概很難離開這裡對吧？」這語氣萬般無奈。

「可以啊，我可以陪老師一起走！」于欣劃滿微笑，「老師，我照實報導的，這次的風波也不是針對你，我是對學校的方針非常有意見！」

廖軍哲還是嘆氣，眉頭緊皺，動手檢查學生剛交上的瓶子。

「我之前就聽過都市傳說社，應該不可能沒人沒聽過吧！最近也發生不少事。」廖軍哲看著瓶子，一一在點名表上打勾，「會議時是用抽籤的，我就是抽到下下籤的那個。」

「哎呀，原來是抽籤啊，這樣說來大家都不太願意擔任指導老師啊！」于欣默默做著結論。

廖軍哲瞥了她一眼，「也不是這麼說！妳知道社團在成立之初，本來就有指導老師了，這都是社團跟老師們談好的，問題是這次是學校硬要把原本的指導老師換掉，誰想得罪人？」

「哦，所以因爲沒人要擔任，學校只好採取抽籤！」于欣把手機靠近了他一點，「那講廖老師分享一下抽到的感覺！」

廖軍哲一頓，不太高興的看著她，「現在的感想還是抽到籤時的感想？」

「都可以，兩個都來一下吧。」

「煩，」廖軍哲一個字簡潔俐落，持續在點名表上打勾，「哎呀，今天有兩個沒有來，還是沒交？」

他抬起頭，要于欣閃邊點，仔細看下實驗桌上有沒有遺留的瓶子。

「老師本身相信都市傳說嗎？」于欣再問，廖軍哲已經下了講台，一一去檢查會不會有同學誤放在中間的架子上了。

「尊重。」廖軍哲口徑一致，他檢查著其他非自己班的標本瓶，「我們科學派的也是有信仰，但都市傳說這種我抱持質疑，但絕對尊重康晉翊他們的理念……啊！果然！」

有一瓶黏著自己學生姓名標籤的標本瓶，就擱在桌子中間的層架上，那是別班的作品，老師們有商量好要分開放的。

啊所以就是不信囉！于欣在腦子裡整理著，但能尊重就比那些黑粉或是科學驗證社的強啦！

「那老師既然現在已經是社團的指導老師，未來都市傳說社發文您都會審核的話——」于欣話鋒一轉，「如果這兩天他們發出關於新都市傳說的文章，你怎麼辦？」

廖軍哲一怔，都要踏上講台的腳硬生生收回。

「新都市傳說？」

「收藏家。」于欣亮著雙眸，「疑似有收藏家的都市傳說發生……或出現什麼的，社團正在積極調查，他們如果發相關文章呢？」

廖軍哲驚訝中帶著遲疑，緩緩走上講台，「妳怎麼知道這件事？」

「老師回答我的問題就好了。」于欣堆滿微笑。

「我接受到的指示是：不要有煽動恐懼的字眼，或是使人害怕的威脅，就可以發。」廖軍哲放下標本罐，「不是……康晉翊他們都沒在收斂的嗎？我現在夾在學校跟他之間難做人，他們不能消停一會兒嗎？」

喔喔，情緒激動的抱怨，記者最愛這個了！

「都市傳說社的人就是酷愛都市傳說啊，您知道收藏家的都市傳說嗎？身爲指導老師可能瞭解一下比較好喔！」于欣刻意把手機轉成錄影，「他們昨天還爲找線索，半夜埋伏墓園呢！」

剛打勾完的筆旋即鬆掉，廖軍哲瞠目結舌，「什麼!?」

「他們想抓到疑似都市傳說的人，不過沒成，但聽說又進了警局。」于欣在手機上比劃了一個切掉的手勢，「這段我不會寫，受傷的受傷掛彩的掛彩，但我想很快就會有新文章了！」

「受傷?天哪！」廖軍哲緊張的拿起手機查看，「我有很多作業要改，還有實驗……這差事眞的不該接！」

「放心，沒鬧大，學校不知道。」于欣知道廖軍哲在查看校方是不是有找他。

廖軍哲頓住，側首看著于欣，大大的鬆了一口氣。

「唉……」這聲嘆息，載滿了許多憂愁啊！

「所以，老師在審核上也會從嚴處理囉！」于欣抓準情緒的空檔繼續問，「即使……社團他們遇到貨眞價實的都市傳說——」

「那是不允許的！」廖軍哲突然厲聲開口。

這讓于欣嚇了一跳，看著廖軍哲趕緊把點名表收好，把一整盤的標本小心翼翼的拿到裡頭的倉庫去，各個老師都有個專屬櫃子，放入後鎖好，他疾步走了出來。

「妳剛去過都市傳說社了嗎?人都在?」廖軍哲收拾著東西，顯得有些不悅。

「他們一晚沒睡，正在睡覺。」于欣焦急的想擋下他，「老師，你不要現在去打擾他們，他們都在休息。」

廖軍哲緊皺眉心有些慌亂，「身爲指導老師，我有阻止學生發生危險的義務吧！他們到底在做什麼？」

「找都市傳說啊！」于欣覺得好笑，「老師，這是都市傳說社！不熱愛都市傳說的人就不會來了，爲了驗證都市傳說，他們什麼事都做得出來的！」

廖軍哲眉頭間的紋更深了，「妳這麼瞭解啊，怎麼會是校刊社？」

「喜好有優先順序的嘛！」于欣陪著廖軍哲一起走出實驗教室，「老師要注意分寸喔，言論自由後，可別是人身自由。」

廖軍哲詫異的停下腳步，這小小的女生……言詞還眞是犀利啊！

「妳……于欣，妳以後應該會是個稱職的記者。」廖軍哲搖了搖頭。

「謝謝。」于欣劃滿微笑，「老師，你的採訪稿我會給你過目的，表示我一些善意。」

廖軍哲連嘆了幾口氣，「我是說稱職，不是說妳是個好記者！」

「當好記者沒前途的啦！」于欣站在原地揮手，「先別去吵他們喔！」

廖軍哲頭搖個不停，舉起右手隨便揮揮。

這群學生，到底是想怎麼樣啊！

手指飛快的在鍵盤上飛舞，于欣爲表尊重，眞的原汁原味呈現了採訪廖軍哲的內容，再三檢查後，才MAIL出去，如果廖老師有需要更改的大家可以討論，她本來也沒有要追打廖老師的意思。

都抽籤抽中還能怎樣！這應該是下下籤了吧！而且還被她這麼一攪和，搞得裏外不是人，她當然也知道他無辜，可是誰叫他是學校那邊的，沒辦法！

大學言論自由很重要啊，連大學社團的文章都要「被審核」，這眞的太誇張！

初代「都市傳說社」那可是風生水起啊，案件一件比一件清楚，還破了學校附近青山路的久遠命案，找到遺骨，只差沒表揚咧，怎麼才幾年光景差這麼多？

唉呀！「收藏家」是吧，她趁著空檔搜尋一下相關的都市傳說，她會一直採訪「都市傳說社」，當然是有興趣啊！都市傳說眞是太有趣了，尤其在她把精華區的檔案都看完後，完全可以理解童子軍他們入迷的感受。

青山路的紅衣小女孩、半夜尾隨女孩回家甚至入侵帶走女孩的男人、許願的書架……或是喜歡問人自己正不正的裂嘴女、買個衣服試穿就不會再回來的服飾店，噢噢，還有聖誕老人！

每件事情都有傷亡，還有一堆是找得到的命案，就跟上次「外送」一樣，一整層的人被討債集團「被自殺」、還有幽靈船事件，那間KTV她之前常去耶，就這樣大船一出港，拖走幾十條人命……這該怎麼說呢？既驚悚又可怕，想著自己遇上了該怎麼辦，但卻又……覺得都市傳說竟然眞的存在，有種很炫的感覺啊！

如果、如果，她可以親自採訪到都市傳說，那該有多好？

聖誕老人是最容易遇到的，但是要她當個壞孩子有點辛苦，而且聖誕老人對壞孩子的定義有點難界定；其他的都市傳說出現都是沒有理由、沒有規則，童子軍一天到晚唸，遇到是緣份。

哇靠，他們緣份也太深了吧！抓起薯片咬了一口，她不經意的往咖啡廳樓下看去，剛剛那個小男孩就在人行道上玩了，家人是跑到哪裡去了？

雖然這邊是學區，但是多少還是有車，那個男孩看起來才五歲不到吧？萬一衝出去怎麼辦？

訊息響起，居然是康晉翊傳來的，請她暫時不要跟任何人說關於「收藏家」的事。

喔喔，她遲疑著……欸，她已經跟廖老師說了耶！糟糕，該不會害到他們吧？

面對事實是不二法門，她即刻回傳訊息，告訴他們她在採訪時，便透露給廖軍哲知道了。

康晉翊一連傳了五個震驚圖，再來是三個震怒圖，她也只能回傳無奈，汪聿芃跟她說時，又沒說不能講！而且簡子芸另創的版也已經……咦？

她再轉頭往外看時，男孩不見了！

去哪兒了？她探頭努力貼著玻璃往遠處看，是爸媽來了還是……卻見一個男人牽著那個小孩，走向遠方。

是爸爸嗎？她遲疑著，或許是吧，男人顧孩子比較粗心，所以會把孩子放在人行道上玩。

「欸，妳老公呢？他出去好久了！」餐廳另一角幾個女人吱吱喳喳的笑著，「沒事吧？」

「沒事，說好他顧孩子，得給我們姊妹淘時間啊！」女人笑著，「他說不定帶小寶去學校裡逛了！」

顧孩子？該不會就外面這個吧？于欣把筆電跟手機都塞進包包裡，這間咖啡廳是先結帳的，倒不必麻煩。

「新好男人耶，而且他好像瘦了不少，變帥了妳要小心！」女人間的八卦又起。

「不會啦！他很愛我的！你們有看見他今天戴的那頂牛仔帽嗎？我覺得超適合他的！」

「有啊！沒想過他那麼斯文會適合耶！」

牛仔帽？于欣立刻看向馬路的對面，有個戴牛仔帽的男人正入迷的打著他的手遊啊——難道那個男孩是他們的小孩？

天哪！

于欣立刻跳起來，直接衝到媽媽身邊，「妳兒子是不是穿紅格紋襯衫，身上還戴著警徽？」

女人一怔，狐疑的蹙眉，點點頭。

「他被人帶走了啦！」于欣一邊說，一邊尖吼著先衝下樓！

「什麼!?」

身後是女人的驚叫聲，但于欣已經先一步衝下樓，推開咖啡廳大門，爸爸還在打副本咧！

「喂！你兒子呢？」她大喊著，男人才錯愕抬頭。

沒等他反應，于欣已經先往前跑去了，她應該是唯一一個看見小男孩是被誰帶走的吧！

穿卡其上衣的男人！她循著人行道往前跑，原本是又直又大的路，但跑沒多久後就出現了停車場與向右的岔路……冷靜點！仔細看，那個孩子的紅格紋襯衫該是很明顯的，加上那個男人——看到了！

他們繼續往前走！再往下就會離開校區的範圍，到車水馬龍的——砰！于欣完全措手不及，她甚至沒看見任何人影、沒聽見任何聲音，只感到腦後的重擊與劇痛。

她便陷入黑暗之中。

第六章 下午茶

在康晉翊宣布于欣把「收藏家」之事告訴指導老師時，所有人決定立即抄起東西，火速離開社辦，但是這好像應了邪不勝正，因爲在蔡志友拉開社辦大門之際，廖軍哲正氣喘吁吁的趕到。

「你們在想什麼？夜伏墓園？」

六個人坐在沙發上或搬來的椅子邊，既不情願又心有怨懟，卻不得已的只能坐在這兒；最無辜的小蛙坐在一旁的椅子上，他好不容易才找到空檔想過來聽一下昨天發生的事，結果半點細節都還沒聽見，卻被指導老師叫來一起訓話！

「收藏家又是什麼東西？」廖軍哲撫著額，「你們是嫌處境不夠難堪是嗎？」

「收藏家是喜歡收集人類屍體的人，尤其是小孩子。」汪聿芃開始滔滔不絕的解釋，「陸續有小孩的屍體被盜，簡子芸也看到可疑人士，所以我們想看看收藏家是何方神聖！」

童胤恒抿緊唇，他很想告訴汪聿芃，老師不是眞心想知道那是什麼東西。

「……盜屍……」廖軍哲有點接不上話。

「簡子芸的小堂妹屍體就被盜了！」汪聿芃再指向隔壁的隔壁的女孩，「所以也想抓盜屍犯啊，如果眞的是收藏家那不是太驚人了嗎！難道從俄羅斯逃出來？或是不知道是哪一代的收藏家？」

「咳！」康晉翊忍不住清清喉嚨，暗示隔壁的制止一下。

「妳的小堂妹……那天請假的原因？」廖軍哲驚愕的看向簡子芸，「她被盜屍了？」

簡子芸點點頭，「我一開始只是想抓到盜屍犯而已，但是……我們覺得有可能是都市傳說。」

「都市傳說？都市傳說都市傳說！」廖軍哲對這個詞顯得不耐煩，「我說過尊重，但是你們一直提這種事情，又以身試險，實在叫人難以接受！我聽說還被警察抓到了！」

于欣嘴巴怎麼這麼大啦！康晉翊緊握著拳，也怪他們沒先跟汪聿芃說清楚。

「因爲追逐中需要燈光，被巡邏員警看見，但是我們眞的有追到人，差一點點！」康晉翊最扼腕的就這一點，看著自己的右手，「我都抓到他的斗篷了。」

「什麼？所以眞的有……」廖軍哲遲疑著，「不，這是盜屍，不是都市傳說。」

「老師，我們是都市傳說社的成員，我們是一定相信有都市傳說的，但我們不會愚昧的亂編造都市傳說的出現。」康晉翊直視著廖軍哲的雙眼，「因爲目前被盜屍的都是小孩子，男女均有，加上……有個奇怪的人，製作了等人大小的娃娃——」

廖軍哲臉色一變，向後退了幾步。

「等人……大小……」他喉頭一緊，大口深呼吸。

「對，跟五、六歲小朋友差不多大，不是放在床頭那種迷你版的。」簡子芸也嚴肅開口，「太多跡象都類似，但我們還沒發文，就是因爲不確定！都市傳說社要發表相關訊息時，至少也得有七成的把握。」

「差不多七成了吧！」汪聿芃接口，「我們搶到一把鏟子，上面還刻有俄羅斯文呢！」

廖軍哲一一看著在場學生那晶亮肯定的雙眼，趕緊拿起自己的水壺大口灌了水，再拉過椅子坐下。

「你們……是不是創了另一個私人社團？」他質疑的看著每個人，「就叫都市傳說研究會？」

簡子芸直接舉手，「我創的，行不改名、坐不改姓，管理員就我的名字。」

「學校不會連個人發文都要管吧？」蔡志友切了聲，「那一堆論壇都該關了喔！」

「還眞是行不改名、坐不改姓啊，學校一下就知道了，但的確不能拿妳怎麼樣……暫時。」廖軍哲撫著太陽穴，看起來很苦惱，「那我們打個商量，妳不要發在社團，我也不必審核，那個分身妳愛怎麼發就怎麼發！」

咦？所有人都以爲自己聽錯了，雙眼一亮，驚訝的看著廖軍哲。

「老師！」康晉翊都快感激涕零了！

「別別別這麼看我，我說過我的立場微妙，我只是希望相安無事！」廖軍哲趕緊避開那閃閃發光的眼神們，「你們沒發文、我也不必審，我管不到你們在外面開的個版！就這樣！」

「是，老師！」康晉翊第一次這麼心甘情願的聽老師的話！

「啊我要定時關心你們的狀態，你們都跟我說——」

「沒事，就日常生活這樣！」簡子芸微笑以對。

「學校如果問我那個分身社團，我會說那是你們個人行為我管不到，但如果硬要我問的話——」

這倒是令大家沉默了，萬一指導老師親自問是不是大家開的，簡子芸都說行不改名、坐不改姓了，能怎麼辦？

「就照實說吧，反正前提是老師你不能干預個人領域啊！」童胤恒輕輕擊掌，「到時您就反問校方，你該怎麼辦？」

「欸——」全體驚呼出聲，這招好，把球丟還給對方！

「那好，我們就這麼說定了。」廖軍哲重重嘆口氣，勉強站了起來，「拜託，大家彼此高抬貴手……」

「老師放心啦！」小蛙帥氣的抬起下巴，「我們最不會製造麻煩了！」

呃……所有人眼尾瞄過去，糟糕，這句苟同不了，好難應和喔！

廖軍哲也是笑不太出來，但是留意到起身的簡子芸那明顯的包紮處，「妳腳怎麼了？我聽于欣說傷得挺嚴重的……」

「撞到別人的墓石，明天再沒好轉就得去看醫生了。」她笑得很勉強，一旁的康晉翊溫柔攙著，因爲她根本站不直。

「應該晚上就要去看的啊！你們也眞的很皮……什麼都市傳說埋伏墓園衝這麼快，受傷去醫院可以拖一天？」廖軍哲連連搖頭，「快點去，看完跟我回報。」

「是，老師！」簡子芸燦爛的笑開了顏，這大概是這幾天以來，聽過最令人開心的「指導老師話語」了。

廖軍哲要離開社辦，大家還熱情的要相送，他趕緊搖搖手指說別，千萬不要，外面熱舞社正在練舞，這麼多學生在看，千萬不要營造出他們講和的樣子，大家眞的沒有很熟。

而且——

「YES!!」汪聿芃用氣音歡呼著，因爲也不能太大聲嘛！

「太好了，這樣表示指導老師已經決定睜一隻眼閉一隻眼了！」康晉翊喜出望外，「三兩下就形同虛設了！」

「幹嘛醬子講，他比之前那個空殼老師更有用耶，尤其現在風聲鶴唳的。」簡子芸欣慰不已，有人掩護眞是太好了。

「黑粉暫時也不必擔心，他們跟于欣大戰中，她超厲害的，一夫當關，萬夫莫敵。」蔡志友隨時回報狀況，「那些人已經忘記針對我們的事，拼命戰于欣……不過……」

「不過？」童胤恒不喜歡這種轉折語氣。

「不過她下午後就沒回文，不知道在忙什麼。」這點是反常的，因爲于欣就算有課，下課十分鐘也能射個幾刀。「在趕作業嗎？」

「搞不好在寫校刊咧！她說要寫大報導！」汪聿芃突然想起來，「對了，她有事想要跟大家討論，我就請她明天早會來了！」

康晉翊瞪大雙眼看著汪聿芃，火氣明顯的上來……又下去，青筋隱隱浮現。

「汪聿芃，我們早會的事妳跟于欣講做什麼？」童胤恒推了她一下，「那是我們的祕密集會時間耶。」

「就一起吃早餐而已啊，什麼祕密集會？」汪聿芃完全不明白，「我們在學校附近生意最～好的玉米蛋餅店吃早餐，一點都不祕密啊！」

「但別人不知道啊！」小蛙眞的覺得她很難溝通，「不管多少人看見我們，但事前沒人知道我們會在那邊聚會啊！」

「現在誰不認識我們！訊息一傳大家就知道了。」汪聿芃噘起嘴，這邏輯她不懂。

「好——停！」康晉翊立刻舉牌，「都不要吵！不同國度的人不要勉強溝通！妳，汪聿芃！以後社內所有的事情，要講出去前都要先問過我們，否則一切都是祕密！」

汪聿芃抿緊唇，轉了眼珠子，「包括吃早餐？」

「是，包括吃早餐。」康晉翊盡可能和緩，「還有妳今天跟于欣說收藏家的事……我沒怪妳，是我們事先沒提醒，但妳明知道她是校刊社的，妳不是也很不喜歡她寫的報導？」

她非常用力點頭，她對于欣的報導很有意見。

「所以，以後跟她說話要小心點。」康晉翊再三強調。

這讓童胤恒聽得又有點不是滋味了，「喂，好歹她也幫我們不少，而且她是我同學耶，這樣講她我覺得不太舒服。」

「童子軍，你也知道于欣那個性啊，這次明面上她是幫我們，但骨子裡還是想報導！」簡子芸知之甚詳，「我知道她沒惡意，可是那個性……就講今天的事，跑去告訴我們介意的指導老師，這根本是告狀吧！」

「沒人說不能講啊！」童胤恒的個性也不是一板一眼，他只是覺得事情一碼歸一碼，這樣就說于欣壞便不中肯了。

「好了啦，回家了，你們不累我很累！」蔡志友實在受不了了，「講清楚就好了，個性什麼的明天當面跟于欣說清楚不就好了！」

簡子芸看向康晉翊，輕輕按著他的手，蔡志友說得有理，在這邊大家各自有不同的立場，童子軍跟于欣又同班，說再多傷感情，不如直接面對當事者。

「那……一樣讓她來嗎？」汪聿芃沒忘記大家剛說的，「還是要我跟她說不要來？」

「妳都說了，就讓她來吧。」康晉翊也揹起背包，「好啦，大家散了！今晚早點睡，明天玉米蛋餅見。」

蔡志友飛快的第一個離開，小蛙還在抱怨他什麼都沒聽到很虧，抓了汪聿芃就拼命問前夜的事，康晉翊攙著簡子芸最後離開，他還要幫她處理門鎖的事呢。

「不必我幫忙嗎？」童胤恒折返，「你一個人可以嗎？」

「我可以啦，她也不重，我等等去幫她弄新門鎖就回家。」康晉翊很喜歡童胤恒這種童子軍的個性，「謝了！」

體貼照顧人，處處想得圓融。

「你還是顧著汪聿芃吧！」簡子芸勉強笑著，其實對回家很緊張。

童胤恒道了再見即刻追上前去，簡子芸這才又嘆了口氣。

「不想回去？」

「我下午連在這裡睡覺，都好像能聽見那個娃娃的腳步聲……」簡子芸遲疑的看向康晉翊，「我去你那邊睡可以嗎？」

康晉翊一怔，他他他是一個人住啦，但但但但是——「妳沒有女性朋友嗎？」

「有啊，但是她們也都有男朋友啊……」簡子芸也知道不妥，「其他比較熟的就汪……聿芃……」

「那妳跟我回去吧。」康晉翊回得斬釘截鐵，「我怕妳這樣子在她那邊睡一晚，明天變成兩隻腳都殘廢。」

簡子芸忍不住笑了起來，「幹嘛這樣說她，她只是想法奇怪！」

「這點就很煩了，完全不按牌理出牌啊！」康晉翊帶著她往外頭的停車場去，用機車載她回去。

心跳得有點快，雖說平常在一起的時間很長，但真的要在同一個房間裡時……咳！

「那個，」扣上安全帽的簡子芸也覺得尷尬，但她真心不想回去，「你覺得于欣想跟我們談什麼啊？」

「天曉得！」康晉翊背對了簡子芸，他現在臉一定超級紅，絕對不能回頭，「總不會是收藏家的事吧！」

「哈、哈！」跨上摩托車，簡子芸嗤了聲，「超難笑。」

這太扯了！

于欣撫著被硬扭斷的右手肘，嗚嗚的咬牙低泣，很勉強的站起身，她踉蹌的跌到了一旁那鋪滿浪漫蕾絲桌巾的圓桌上，撞倒了坐在那兒的……綠臉女孩吧？跟她不同，她的手裏著的是紫紗，可這些女孩都不自我介紹的，她能怎麼辦？

一桌的午茶杯盤組被她撞得震顫，發出清脆的聲響，而那個被她撞倒的女孩，連一點掙扎都沒有，直接從椅子上倒了下去！

乒！綠臉女孩摔在地上，臉部著地，戴著的面具迸裂四散！

「妳做了什麼！」男人咆哮的聲音傳來，于欣連說對不起都沒空。

嘰——一陣金屬刺耳聲陡然傳來，她嚇得連忙直起身子，只能惶恐的原地轉著，試圖將四周看仔細……門呢？門口在哪裡？

終於，她看見了男人走來的腳，她驚恐的後退著，看見那雙腳的逼近，還有他手上拿著的……鐽子？

鐽子尖端刮著地，發出令人膽寒的金屬聲。

「對、對不起……」她扶著右手語焉不詳的哭喊著，抬起頭努力的看向男人。

救命！她看著跌在地上的女孩，她爲什麼依然趴著，沒有任何起身的動作？

難道連起來都要經過男人的允許嗎？而男人身後依然端坐在圓桌邊的女孩們，她們彷彿專注於那粉嫩的下午茶派對，沒有人回頭瞧她一眼。

這屋子裡只有她最吵，對……因爲只有她在講話，廢話！也只有她會動啊！

尚未回神之際，只見男人一把抄起了鐵鏟。

鏘。

于欣咬著牙伏身閃過，又是一陣不穩的亂摔，她左手剛剛撲倒在圓桌上時勉強拿過了蛋糕刀，不客氣的朝著眼前的男人猛揮，但被纏住的手眞的很難握刀！

「放我走！」她大喝著，期待男人最好聽得懂她說什麼！

男人掄起鐵鏟，改成刺擊，但于欣早就已經轉身往沙發邊跑去，廚房、房間還有哪裡——門呢？門呢？幹！她的手好痛啊！

她知道男人在身後，慌亂中抓過了坐在流理台上的橘紗女孩，刀子就直往她脖子抵去——靠夭！她左手又要扣住女孩又得拿刀威脅，結果女孩卻沉得像什麼似的，她根本抓不住！

太重了吧，女孩從她臂彎之間滑開，像是醉酒的人一般，完全沒有自己站立的意思……向下滑的女孩被于欣手持的刀子割及，先是掉落的面具，然後一路割開了她橘色的面紗！

對不起！于欣無法顧及那女孩是不是磕了藥迷茫，因爲她眼前有個更大的威脅！男人的身影逼近，遮去了下午茶桌旁窗子的光線，她依然吃力的高舉著刀子，卻抖得不能自已。

「妳看看妳做了什麼好事！妳怎麼可以傷人！」男人低吼著，每個字都是咬牙切齒，從牙縫中迸出的！

「我……」于欣想解釋，低頭一瞥……什麼？

她看著仰躺在地上的橘紗女孩，被割開的橘紗露出了她一部分精巧的臉龐……深咖啡色的乾癟皺折，枯槁得如同她之前才看過的電影：木乃伊？

「果然，還是死掉的才可愛！」男人嘆了口氣。

什麼——死掉的？這屋子裡都是——

鏘！

痛……好痛，天哪！她的頭！

于欣緩緩清醒，只感受到頭疼欲裂，她伸手想按壓發疼的部位，卻只摸到纏著的紗巾，令人難以呼吸！

「啊！啊！」她的右手肘撞到了東西，疼痛讓她瞬間清醒，「靠靠靠！」

她整個人繃緊了，斷手之疼立即蓋過了頭部的傷！

「天哪天哪……」痛到忍不住滑下了淚水，她咬緊牙強忍下痛楚，讓自己冷靜下來，先搞清楚到底發生了什麼事。

她汪汪淚眼睜著，卻見一片漆黑。

怎麼回事？她眼睛出問題了嗎？爲什麼會這麼暗？伸出左手想要試著探索，卻連舉起都沒有，立刻又撞到了東西！

「搞什麼啊！」她疼得想甩手，這一甩又是連續碰撞，「哇！靠夭！」

她氣得開始摸索，才發現原來她左側就是牆，所以她才會隨便移動便敲擊……她人在哪裡？微喘著氣，意識到自己躺著，巧妙的縮著上臂，不讓自己再跟左邊的牆碰撞，試著往上方摸索。

啪。

距離鼻尖沒有十公分的地方，于欣又摸到了阻礙。

她有幾分錯愕，曲起被包起的手敲了敲，傳來沉重的木板聲。

這麼近？幾乎就在她鼻尖？她瞬間意識到了什麼，移動了左右腳分別朝兩邊踢去，沒有幾吋就踢到了牆面……不，那也是木板。

「……不不不！這太扯了！」于欣大吼起來，開始胡亂的摸索！

動用左手及可以移動的雙腳，身子朝左右滾動，卻發現不管哪一面都只有幾公分的空間讓她移動！

她的上下左右前後全部都被困住了！

「天哪……天哪……」她在黑暗中瞪圓了眼，「棺……棺材？」

她在棺材裡！

「不！不——」她雙腳使勁往上踢著，左手也拼命的敲著上蓋，「放我出去！放我出去——救命！救我啊！」

她爲什麼會在棺材裡啊!?于欣完全沒有動彈的空間，她歇斯底里的尖叫著，不能動的右手此時成了累贅，她瘋狂的用左手在黑暗中摸索棺材邊緣，期許能有一絲縫隙，成爲她的突破點！

「不不不！」觸手可及的地方她完全摸不到，而且這口棺材好小，她連調換位置的機會都沒有！「不——呀——呀——」

磅磅磅磅！她發狂的敲著周邊的板子，她被活埋了！她居然被活埋了！

激動又難以呼吸的她瘋狂的扯下裹著頭部的紗巾，綁得沒有很牢靠，隨便一扯就扯掉了！大口的喘著氣，再用牙齒咬開了裹著手的紗巾，也是隨意亂綁的，輕而易舉就能咬開。

于欣瘋也似的抓著棺材蓋，雙腳已經踢到沒力了，但是沉重的棺木依然不爲所動，指尖的痛楚傳來，于欣這才意識到電影演的都是眞的，她的指甲斷了，棺材蓋上是否也會留下她的指甲抓痕？

「……不！不！天哪！」她痛哭失聲，崩潰的尖吼著，「混帳——我詛咒你！爲什麼爲什麼爲什麼！?」

恐慌包圍著她，她完全失控的在窄小的棺木裡嘶吼，但是很快地，她發現她需要深呼吸的時間越來越多了。

運動……運動與哭泣正在消耗空氣，于欣趕緊摀住口鼻，冷靜，冷靜，再這樣下去，在被救到之前，她搞不好會先窒息而死的。

冷靜，想一下該怎麼辦……幹！她能想什麼啊！她現在被活埋在棺材裡，什麼都沒有、什麼都做不了，她的手機、包包，電腦——咦？

于欣倏地瞪大雙眼，等等，她的……她趕緊摸上頸子，觸及到細鍊時，忍不住在黑暗裡綻開笑容。

「YESYES！」她循著項鍊拉出在衣下的小小圓墜，緊緊握在手上，燃起了無盡希望。那是個水滴形狀的銀色墜飾，其實有點大，但是大是有作用的，因爲裡面可是有128G的記憶體咧！手指輕壓，冷光亮起，隱藏式的操作鍵全部都顯示，這可得用她的指紋才能打開的！

數字浮現，她選了上午的第七號擋案。

『就是，昨天社長也沒追到，只扯下對方斗篷上的一塊布，童胤恒接到一把鏟子……一個人都沒抓到……』那是汪聿芃的聲音。

這是她之前買的好物，拿錄音筆或手機太明顯了，所以她直接全部錄下，回去好做資料整理，反正沒用的再刪掉就好，當然有點違反職業道德，不過她只是學生，又還不是記者對吧！

她跳出檔案，選擇了最近期的，她的錄音裝置是二十四小時開機，不會中斷！她要好好的聽聽看，她發生了什麼事，到底是怎麼落到這個境地的？

到底是哪個混帳變態？

于欣按下播放鍵，放慢了呼吸，一個人靜靜的在棺木裡聆聽從她衝出咖啡廳後的動靜，她是從背後被襲擊的……然後被關在窄小的房間或櫃子裡吧？至少沒有現在這麼小，然後呢？

精緻的下午茶，道具一應俱全，漂亮的杯子、看似美味的點心，還有好幾個戴著面具裹著彩紗卻不動的女孩們……

『果然，還是死掉的才可愛！』

「收藏家」！于欣難掩心中震撼，天哪！這該不會就是「都市傳說社」正在找的「收藏家」？

那個收集屍體的都市傳說，不……等等，他只收集孩童屍體不是嗎？她應該離「孩童」有段距離了吧？而且她也不是屍體，她是個活生生的人吧！

還是說……于欣驚愕的發現，要是沒有人來救她，她即將就要變成屍體了？

她不要死！

于欣慌亂的選擇著功能，不管是變態、或是她眞的遇到了那個「收藏家」，那傢伙不知道她身上有錄音機，更不會知道這個錄音機，還有連線功能！

開啓新檔案，于欣強迫自己平心靜氣，但實在很難，她哽咽不斷。

「我是于欣，A大校刊社，我……」

玉米蛋餅早餐店，果然在假日上午人滿爲患，但康晉翊跟老闆娘非常好，畢竟是房東嘛，所以固定會幫他們留一桌，否則要吃到還不知道得排到什麼時候。

客人絡繹不絕，老闆娘煎蛋餅的手都快有職業傷害了。

汪聿芃站在店外，今天難得天氣好，她卻覺得不太舒服。

「汪聿芃！」童胤恒自店內奔了出來，「妳要不要先進來吃？蛋餅都涼了。」

她回首，眉頭緊蹙，滿臉盡是擔憂。

「喂喂！妳怎麼了？」童胤恒嚇了一跳，怎麼一副快哭出來的樣子，「妳不是在等于欣嗎？」

「她沒有來。」汪聿芃搖著頭，眼睛用力一閉，淚水居然被擠出。

「呃……」沒有來也不必哭成這樣吧？「她可能只是遲到啊！妳會不會太誇

張啊，早上七點本來就很早，她睡過頭的話就再聯絡我們就好了對吧？」

「她不會遲到的。」汪聿芃緊緊握著手機，「她不會。」

八點四十二分，于欣沒有出現。

汪聿芃說不上來的心慌，她不喜歡于欣的報導，但是卻知道這個人，她沒有遲到過，她說到就是做到，嚴謹得令人討厭。

「不然我來等，妳進去——」話說一半，童胤恒陡然僵住身子。

一曲美妙的樂音傳進腦子裡，近到彷彿是在他腦海裡播放。

噠噠聲響起，那是輕快的足音，相當多組……彷彿在跳舞般的踢躂著！汪聿芃趕緊扶住他，往旁邊挪移了幾公分，因為他們佔住了走道。

感受到童胤恒全身肌肉僵硬，她知道他又聽到什麼了。

『啊啊——啊啊啊——』

「怎麼了？」康晉翊立刻發現不對勁，趕緊出來關切。

童胤恒始終無法動彈也說不出話，頭開始發疼，最後是蔡志友跟康晉翊分別先把他攙進去，汪聿芃即使擔憂于欣，但她更擔心童胤恒，最終也趕緊進去陪他。

那天，童胤恒整整過了五分四十五秒才能動。

那天，于欣始終沒有出現。

第七章 人偶製造師

于欣正式宣告失蹤。

不說那天約好的早會沒有出現，隔天、再隔天，她都沒有現身，她的男友很快的聯繫了她的朋友圈，沒有人知道她去哪裡。

警方受理失蹤案時相當訝異，因爲于欣跟前幾天失蹤的七歲男孩有關係，她最後出現的地點有十幾位目擊者，有個男孩疑似被誘拐，只有于欣看見，她當時還警告男孩的母親，且衝出咖啡廳去追。

在對面忙著打遊戲的父親也聽見于欣的叫喊才回神，他也是緊追在于欣身後想要找回自己孩子。

但是一個岔口後，他不但沒看到兒子，連于欣也消失了。

紅格紋襯衫的男孩沒有回來，于欣也不見蹤跡，咖啡廳外有監視器，但再往下的路口監視器卻似乎被移動過，完全拍攝不到地面；對面是停車場，那裡的鏡頭也不全面，沒有拍到任何男孩或于欣的畫面。

于欣一失蹤，酸民嘲笑活該，這就是好戰之徒的下場，想跟學校作對，還站在「都市傳說社」那邊，鼓勵煽動恐懼，說不定是有人看不慣，所以找她算帳。

接著當證實于欣是去追被誘拐的孩童後，風向又變了些，但是「都市傳說社」的黑粉們沒有手軟，依然冷嘲熱諷著于欣的失蹤，有人嘲弄她是怯戰躲起來、有人希望她被教訓，被關起來打個幾天就會乖了。

然後黑粉回到「都市傳說社」的社團頁面，開始奚落他們，于欣是不是遇到了他們最愛的都市傳說啊？他們「都市傳說社」也該去救救這個幫他們出頭的人吧？

「馬的！寫這什麼東西！」小蛙跳了起來，一腳踹開茶几，「這是一個失蹤的人耶！」

汪聿芃及時縮起雙腳，避免被茶几波及，「桌子是無辜的。」她邊說，一邊把茶几推回原位。

「他們就是故意要激怒你，不要上當。」蔡志友這麼說時，拳頭青筋暴露，「下午我陪你去打拳擊發洩一下！」

「幹！我想打在這些人臉上！」小蛙怒不可遏，「什麼袒護都市傳說社的下場？她該不會遇到裂嘴女了吧，被毀容不敢現身？」

童胤恒眉頭緊鎖，沒想到汪聿芃料得沒錯，前幾天早會時于欣沒有出現，就眞的是出事了！問題是現在警方調查不出什麼，她最後的身影就是在咖啡廳的人行道上狂奔而已。

「我想去看監視器。」坐在辦公桌的簡子芸倏而起身，「我受不了在這邊等消息了！」

「等等！」康晉翊也趕忙站起，「我們要先問章警官啊！」

「我問了，」汪聿芃立即舉手，「他說可以。」

哇，眾人莫不回頭看向坐在靠門口的汪聿芃，她已經俐落的站起穿外套，蓄勢待發的模樣。

好快的速度，而且想得眞遠。

「妳該不會說我們可能認得那個人吧？」童胤恒瞇起眼，他眞不信章警官會答應得這麼乾脆。

「嗯。」汪聿芃也不否認的點頭。

「喂喂，你們可別先入爲主啊。」蔡志友也察覺出關鍵了，「我知道大家都懷疑那個人偶製造師，或是墓園裡的傢伙，但說眞的我們誰都沒看過正面對吧？」

「我們看過。」童胤恒突然覺得汪聿芃說得挺在理的，「至少我們看過人偶製造師，另一個斗篷男就沒了。」

「不管這麼多，我只是想看監視器。」簡子芸包包一揹就要走了，「說不定我們可以看到警方沒看見的東西。」

行動當然是要一起的，雖然于欣不是社員，可是跟他們關係很密切，這次學校壓制事件也替他們出頭，莫名其妙的失蹤，怎麼能叫他們袖手旁觀！

還沒出門，卻來了他們現在最最不想看見的人。

「到底怎麼回事？」廖軍哲一進門劈頭就問，「于欣眞的失蹤了？」

康晉翊眞想翻白眼，「老師，我不是跟你說我們沒時間跟你聊嗎！」

看來廖軍哲已經先傳訊息過了，只是康晉翊沒搭理。

「這怎麼可能？她那天還去採訪我，沒幾個小時就發初稿給我了！」廖軍哲手裡還握著手機，「信裡明明還寫，如果要修正可以討論的啊！」

「她什麼時候發給你的？」康晉翊緊張的上前，看了眼廖軍哲的收件匣。

「她在咖啡廳時寫的嗎？」

信件的時間，正是于欣奔出去前不久。

「她那天還好好的，怎會說失蹤就失蹤？」廖軍哲留意到眼前的學生一副要離開的樣子，「你們要去哪裡？」

「就離開啊，這不必跟老師報備吧？」小蛙不爽的唸著，他對這位指導老師向來沒好態度。

「別告訴我你們要去找于欣。」廖軍哲即刻張開雙臂，「我不是說找同學不好，但你們不要去把事情越攪越糟！」

「老師，我們什麼時候會弄糟事情了？」康晉翊實在快沒耐性了，「我們只是盡己所能去幫忙而已，大家都希望快點找到于欣！」

「呃……依照之前的紀錄，你們都蠻有把小事擴大的本事，拜託你們千萬不要又去製造什麼紛爭！」廖軍哲再三警告，「學校已經叫我要密切注意你們的行動，因爲網路上現在也吵翻天了，學校很怕會有風波……」

童胤恒聽著實在不是滋味，「請問一下，學校爲什麼不先從那些混帳開始管制言論呢？人都下落不明了，還能在那邊說活該？」

廖軍哲一凜，「這也不是我能決定的，我現在是你們的指導老師，我只要留意你們不要出事就好了！」

「我們不會出事的，我們只是去警察局一趟。」蔡志友直接挑明了說，「在警局不會有什麼意外了吧？所以老師可以讓開了嗎？」

廖軍哲一怔，警局？「你們……」

「我們要去看于欣最後的監視器畫面清晰版，說不定可以指認出什麼。」康晉翊不再管廖軍哲逕自往外走，「大家走了！」

所有人魚貫走出，童胤恒還是禮貌的朝廖軍哲頷首，汪聿芃走在最後，瞥了他一眼。

「你最後走你要關門喔！」

「嗄？關……」廖軍哲慌亂的左顧右盼，怎麼關？

汪聿芃直接動手推著他往外，去去去，不會關門關燈卡在這裡不動做什麼！

「喂喂喂……」廖軍哲一路後退被推出社辦，童胤恒趕緊扶穩他，汪聿芃也眞是粗魯，就這樣推著老師出來。

迅速的關燈關門，汪聿芃將門把拉上。

「老師你就說有關切過就好了，給個交代。」童胤恒提議著，「其他事情我們自己處理。」

「你們能處理什麼？這是刑案，不是學生間的什麼事情。」廖軍哲眞心感到「都市傳說社」學生們實質上很膽大妄爲，「不要忘記，我是你們的指導老師，我有責任。」

聽了就實在令人不愉快，汪聿芃使勁的關上門，砰的一聲嚇得廖軍哲一跳，回頭看著她。

「那你又能處理什麼？不相信都市傳說、也不感興趣的人，你才什麼忙都幫不了吧！」汪聿芃說話一點都不客氣，閃身就往前走，「借過！」

哎呀！童胤恒略顯尷尬，他還是覺得氣氛沒必要弄得這麼擰，好歹他是老師啊！

「喂，妳說話……」才想告誡汪聿芃，她卻突然停下來。

她愣愣的看著他，「哎呀！」

「哎呀？」童胤恒狐疑不已，康晉翊他們已經上了機車在外面吆喝了。

「童子軍！走了啊！」

汪聿芃二話不說回身，拉著他重新走回廖軍哲身邊，那氣勢洶洶的反而讓老師跟著退步。

「我想到有件事你可以幫忙了，老師懂音樂嗎？」汪聿芃仰著小腦袋瓜兒，期待的說。

「呃……」廖軍哲有些措手不及，瞄向童胤恒，「略懂……」

童胤恒瞬間恍然大悟，上星期六在早餐店外，他聽見的那首曲子完全陌生，接著每天偶爾都會聽見，早上在過馬路時還因此僵住不能動才慘，幸好汪聿芃都在身邊拖他離開，但聽了幾天，他還是只會哼一小段。

整個「都市傳說社」根本沒人聽過那首歌。

「你唱準一點喔！」汪聿芃用手肘凸了他一下，「要是不準就不是大家的問題了。」

「我……我打球的又不是音樂系的！」童胤恒想翻白眼，他根本也不確定自己唱得準不準啊！

「這是什麼……比賽嗎？」廖軍哲實在丈二金剛摸不著頭腦，這個「都市傳說社」不好懂啊！

童胤恒先嘆口氣，汪聿芃朝大家比手勢代表等一下，難得有大人在，說不定可以幫他們找到答案。

用著一點都不想回憶的記憶，童胤恒輕輕的哼著一段曲調，其實他自己也沒把握，只能哼上一小段好記的旋律。

「啊！」廖軍哲當下愣了住，「德布西的月光？」

「A大死神組又來了。」

「又那群小朋友耶！」

員警們交頭接耳，人人臉色都不是很好看，只要看見「都市傳說社」的出現，大概接著就是要出發去現場採證了。

學校轄區有位資深的章警官，過去「都市傳說社」也麻煩了他不少事，相對的也幫他創了不少破案佳績，對於都市傳說還算熟悉，至少很能協助相關案件的「合理化」解釋。

可以說是從「都市傳說社」創社以來的「好搭檔」啊。

一票學生擠在電腦前，仔細看著咖啡廳外的監視器，越看火氣越大，小蛙果然又是第一個發難。

「有沒有搞錯，什麼時代了，換一台畫質好的很難嗎？」他轉身跫步，「我只看到粗糙的格狀影片！還有雜訊！」

唉，康晉翊無力的看著重播的畫面，小蛙說得一點都沒錯，這種畫面重播十次也看不出個所以然，能認得男女就已經好棒棒了。

「大概學校附近覺得治安不錯，」童胤恒也只能這樣解釋，這畫素有夠差。「很多人都裝過阻作用的。」

簡子芸悲傷的望著螢幕，從跑跳的小男孩開始，那個卡其色的人過來，低頭對小朋友說了幾句話，輕而易舉的便把小朋友牽走了；沒多久奔出應該是于欣的身影，畫質差到連臉都辨識不出來，要不是認紅頭髮跟橘色包，根本無法認出！

「我們也努力了，但這種畫質再怎修復也無法看出疑犯的臉。」章警官語重心長，「再說，那個誘拐者，是可找到男孩的線索，但無法證明他與于欣失蹤的直接關係。」

「遇到這麼爛的道具，要科學辦案也實在太難了。」蔡志友搔搔頭，「但是不覺得奇怪嗎？再下去的監視器被移動也沒人知道？」

「對面的停車場，監視鏡頭本來就不會這麼廣，凡事都有死角。」章警官只能這樣說。

簡子芸放棄的別過頭，她眞的看不出所以然，原本以爲放在新聞上的是加工模糊版，天曉得實際上的畫面就是這麼爛。不過，不發一語的汪聿芃倒是專心得很，臉都快貼上螢幕了。

「童胤恒，」她指著格狀背影，「他是不是長頭髮啊？」

「我看。」童胤恒湊前，簡子芸乾脆閃開給他個位置。

大家莫不往前觀察，就這樣子她也能看得出頭髮長短？

「你看，他後腦杓很鼓，戴著鴨舌帽，看起來很像把頭髮塞進去。」汪聿芃抽了隻筆，「還有這裡，雖然衣領擋住了，可是這一圈——」

她的筆尖在螢幕裡的卡其男人頸子上比劃著。

「黑色的。」童胤恒想到了那個雅痞男的頸鍊，「……章警官，身高用三角測量可以測出來嗎？」

連三角測量都出來了嗎？章警官略挑了眉，「一百七十八公分。」

童胤恒即刻站直身子，回頭找著人，「蔡志友！你過來一下！」

蔡志友莫名其妙，但是完全配合，他站著不動，任童胤恒在他面前打量，看了兩圈。

「差不多，我一百九十五公分，你一百八十嘛！」他視線再下移，「身高差不多，身形也是。」

「而且褲子紮好緊！」汪聿芃又指向格狀的螢幕，「秀他的皮帶。」

章警官聽著這用詞，彷彿他們知道是誰啊！「你們該不會知道是誰吧？這種畫質？」

「人偶製造師！」汪聿芃目不轉睛的看著電腦，清楚的說出名字。

簡子芸一陣暈眩，「妳說什麼？那個人偶製造師？」

「對，就租妳老家那個，我覺得身形身高都很像！」童胤恒看向章警官，「在O市，簡子芸知道地址，我覺得去看一下也好，說不定是個線索！」

「靠！那個人偶製造師眞的是收藏家？」小蛙搓著頭走來走去，「他抓走于欣要幹嘛？」

「我就說他有問題，但是沒人要信我！」簡子芸也激動起來，「章警官，我也要去！」

「我也要！」「我也要！」「我也一起！」

一時間七嘴八舌，查案彷彿變成什麼好康旅遊似的，每個人都在舉高手喊著選我選我！

「停！」章警官實在頭疼，嚴肅的看著激動的學生們，「這是警方在辦案，不是讓你們玩的地方！」

「我們沒有玩啊，我們只是想救同學！」康晉翊熱血回應。

「我早就跟那邊的警方說那個人很奇怪，他在做跟小朋友一樣高的娃娃！」簡子芸激動得都開始哽咽了，「如果他抓了于欣——」

「好了！大家！靜一靜吧！」

後頭突然傳來低沉宏亮的聲音，所有人都嚇了一跳。

回首看去，在群情激憤下，卻還是有沒跟著起舞的人：汪聿芃、童胤恒跟蔡志友。

「收藏家是什麼？大家想過了沒？我們是都市傳說社啊！」蔡志友眞的覺得大家太亂了，「他會抓于欣嗎？于欣不是小孩子耶！」

「收藏家」是什麼？康晉翊跟著冷靜下來，對啊，「收藏家」是挖屍體及做成娃娃陪伴他的人，屍體都是小孩子，才方便製成娃娃擺放，並不會找大人，更別說于欣一點兒都不纖細。

「誘拐……誘拐孩子也可以說是收藏家的一種吧？」簡子芸喃喃自語，「不只是掘屍，不是也有戀屍癖的人……」

「前提是都是屍體，誘拐孩子那個比較像戀童癖，但是沒錯，廣義的收藏家的確也泛指這種人。」童胤恒語調平穩的解釋著，他知道章警官相當困惑，「也有人是誘拐孩子回家，虐殺後再做成娃娃的，也是以屍體保存爲主，所以亦被稱做收藏家。」

章警官聽著只覺得血液快凝結了，「收藏家……又是什麼都市傳說嗎？」

「嗯，就是有人專門收集小朋友屍體，自己做防腐處理後打扮成娃娃，然後變成他家人陪伴他。」汪聿芃簡單的解釋，「簡子芸的小堂妹被盜屍，他們那個墓園也出現好多個被盜墓的墳，章警官查一下就知道，最近這種案子應該很多……嗯，我知道你們應該在查小朋友失蹤案啦，但我們比較注意死人的事。」

說什麼啦！童胤恒悄悄從她背後戳了一下，說話的藝術，OK？

「盜屍……好，我們這裡的確也有幾起。」章警官沉吟著，「所以跟孩子也有關係？」

「廣意的有可能，他們會殺掉小孩子，把他們變成屍體娃娃。」康晋翊說這種話時都會覺得有點難過，因爲相關案子的小朋友都很可憐。

「這個就嚴重了！」警察的直覺讓他嗅到不對勁的氣息，「簡子芸，妳把地址給我，那個誰，你聯繫O市警局！」

簡子芸飛快的抓過紙抄寫地址，章警官繼續詢問關於「收藏家」的事，康晋翊解釋這個都市傳說是從一兩百年前開始，世界各國都有這類戀屍癖的人，最近的是數年前發生在俄羅斯的眞人眞事，對方還是學者，如正常人般蟄伏在大家身邊。

「就像隔壁鄰居是個好好先生，搞不好他家裡就都是屍體。」小蛙用淺顯易懂的比喻，「像我記得那個俄羅斯人本身就是個正常學者咧！是因爲警察有事問他，才注意到他家有太大尊的娃娃。」

「啊……看來只要去一趟說不定就能有收獲。」章警官只是在拿捏分寸，

「所以你們檢舉那位……人偶製造師疑似誘拐犯對吧？」

面對警察突然的義正詞嚴，學生們反而有幾分錯愕。

「……是。」康晉翊心虛的說著。

「那我會依照舉發人的意思，前去關心。」章警官要的就是這個，不然拿什麼理由去查問對方？「不過在罪證確鑿前，我們是無法申請到搜索票，也不能去對方家裡……」

「嗄——」這樣有什麼用呢？雖然大家有點失望，但這的確是程序，不能違法。

「以前那個俄國人，不也只是開個門就被發現了嗎？我相信章警官也會有辦法的。」童胤恒倒是信心十足，「反正總是個開端。」

「所以現在你們認爲這個都市傳說在附近盜屍做成娃娃就是了……」章警官聽著頭都痛，「爲什麼不會想成單純的變態？」

呃……學生們轉著眼珠子，爲什麼呢？因爲一般正常人不會盜屍啊，盜屍這件事本身就不正常了吧！再加上簡子芸看見的等人大娃娃，晚上甚至進她的房間！還有童子軍也聽到啦！

「因爲我們是都市傳說社啊！」汪聿芃回了一個理所當然的答案，還外加聳肩。

好，章警官嘆口氣，當他多問的。

外頭與O市警局電話聯絡上，章警官立刻前去接手詢問地址上的人，還有關於盜屍的事件，只不過一陣暢談之後，警官一邊回頭望著他們，一邊皺起眉。

「我覺得夜伏的事被講出來了。」康晉翊尷尬的搔搔頸子，「剛章警官提到我們這邊有群學生之類的。」

「講就講了，又沒在怕！」小蛙其實口吻也沒那麼堅定。

「你傷是全好了喔？這麼秋條？」蔡志友往他上次的患處輕擊，小蛙立即唉呀呀的嚷嚷，「你還是節制點，一直受傷也不是辦法。」

「最好是一直！我呸呸呸！」小蛙不爽的抱怨著，「你們該不會是這樣所以這次不太找我吧？」

「沒有不找你，只是危險的事不讓你做，你上次都住院了。」童胤恒實話實說。

「哼！」小蛙盤算著，他行動沒那麼俐落，但一樣有他能做的事。

果然一掛上電話，章警官立即回身開始問夜伏墓園的事，簡子芸一五一十的全說了，除了那個人偶製造師，還有一個身披斗篷的男子，都是他們懷疑的對象。

「但那晚在墓園裡有兩個人。」章警官一開始原本以爲斗篷男可能跟人偶製造師是同一個，「這表示可能至少兩個人在盜屍啊！」

「……好像是這麼說？」簡子芸也不敢肯定，「多出一人也是出乎我們意料，當時只有童胤恒跟汪聿芃發現，我們追的是斗篷男，當晚也只有一具屍體被盜。」

「大家果然都在留意失蹤兒童，這件事都沒聯繫……O市警局去找過人偶製造師，但是他很不配合也無計可施，他們也加強夜巡了，密切找斗篷男的下落。」章警官跟下屬交代著要前往O市一趟，「那位人偶製造師我這次親自去關切，不過夜伏墓園？妳腳上的傷就這麼來的？」

章警官指向簡子芸的膝蓋，她尷尬的點點頭，已經消腫了。

「我們追的那個有攻擊力，請當地員警要留意，他朝我們丟鐽子……我事後回想，力道其實很大。」童胤恒趕緊提醒。

「鐽子……所以你們不是胡亂說，有證據的。」章警官喃喃唸著，難怪O市其實還蠻注重這盜屍案的。「好了！你們，全部不要輕舉妄動！不許擅自去找人偶製造師！」

學生們不約而同的點頭，章警官卻完全無法信任啊。

對啊！汪聿芃拿起手機，想到了他們得到的那柄鐽子，不知道查出什麼沒有？她把照片發給童胤恒，所以他手機跟著響起，點開一看，幾分錯愕。

「就妳那天拍的那張嗎？」

「嗯，整支跟特寫都有拍，我想看上面寫什麼，回來居然忙忘了。」她調出翻譯程式，「你把手機靠過來一點。」

「做什麼？」童胤恒不太懂她要幹嘛。

「線上翻譯啊！現在翻譯軟體直接對著圖片，上面的文字就會自動翻出來了……先點選俄文！」汪聿芃認眞得很，大家也都跟著圍過去看。

章警官忙裡忙外，趁空繞過來，「喂，你們可以回去了，有事會聯絡你們！」

「好！」這句話異口同聲，但其實根本沒人在聽。

外頭電話此起彼落，突然變得很熱鬧，有一個小隊準備出勤，要跟著章警官到O市去，處理孩童誘拐案。

「康晉翊，你們說的那個收藏家，有名字嗎？」章警官敲了兩下玻璃，這群小孩在幹什麼？

「有！」簡子芸立刻回應，「全名是Anatoly Moskvin。」

章警官跟身邊的員警交代著，「記下來，或立刻孤狗。」

Anatoly。

汪聿芃望著手機螢幕，呆呆的看向右手邊圍著的簡子芸，眨了眨眼。

「幹嘛那樣看我？」

「Anatoly。」她不解的蹙眉。

「是啊，收藏家本名就叫 Anatoly。」蔡志友也不明白外星女又在發什麼瘋。

童胤恒湊前看，手機螢幕對著他的鐵鏟照片，加強對比的照片的確讓鏟子後頭刻上的文字異常清晰。

「……」童胤恒不可思議的看著螢幕的翻譯，「那把鏟子是 Anatoly 的？」

康晉翊等人一時會意不過來，汪聿芃連忙存下螢幕畫面，怎麼沒人搞得懂呢？鏟子後面的文字不刻別的，刻的就是「Анатолий」的大字啊！

「什麼！」康晉翊終於明白大叫出聲，「那是 Anatoly 的！」

「那不是在俄羅斯接受精神治療服刑的人嗎？」簡子芸忍不住渾身發抖，為什麼會在這裡？

「這太詭異了！他的鏟子卻在……」

「Anatoly 現在是收藏家的代表人物，說不定是一個……」康晉翊自己說得都心寒，「代表物。」

汪聿芃才覺得血液盡褪，那晚那個人真的是都市傳說，他就站在他們身後……如此悄無聲息的盯著他們。

「章警官！」外頭出現慌亂的聲音，「O市那邊打來，說他們抓到盜屍犯了！」

什麼？

第八章 斗篷男人

不顧章警官反對，康晉翊一行人照樣騎到了O市，是有點O型腿後遺症，但說什麼都阻止不了他們；不知道爲什麼，他們就是覺得于欣的失蹤跟「收藏家」有關係。

男人坐在小房間裡，渾身髒亂不堪，惡臭連連，身上披著一件咖啡色的大麻布袋，緊緊揪著不讓誰碰他。

眼神渙散痴呆，一會兒傻笑、一會兒驚恐，一會兒跟空氣對罵，對面的警察問話顯得困難重重。

隔著玻璃窗，大家陷入一陣靜默。

「他是眞的很臭，你們也沒錯，是屍臭味，因爲我們在一個空棺裡找到他，他睡在裡面，腐爛味一旦沾染很難去得掉，這傢伙可能很久沒洗澡了。」黃警官也戴起了口罩，「那天你們那個誰……抓到的布吻合，就是他身上的布袋。」

「問你話啊！你是不是偷挖別人屍體？」警察問著男人。

「沒有。」他回得很直接，頭搖個不停。

「那你半夜在墓園做什麼？這個鏟子拿來幹嘛的？」警方指著塑膠袋裡的小鏟子，根本園藝型小鏟。

「挖……挖……呵呵！」男人呵呵笑著，想拿回他的鏟子，卻一把被警察收回。「我的！我的！」

「你要挖什麼？」

「土啊！要好多好多土！」男人劃了一個大圓，「要很多土很多土。」

「其他地方這麼多土，你爲什麼要去挖別人墓碑旁邊的啊？一堆痕跡啊你！」警方問得很無奈，「你是不是想偷人家屍體？」

「沒有……沒有！」男人還是搖頭，「好多娃娃在跳舞喔！」

咦？簡子芸跟童胤恒不約而同都緊繃起來，因爲他們都聽過那跳舞的足音，噠噠噠，噠噠噠噠……

「誰在跳舞？在哪裡跳舞？說清楚點！」面對男人急不得也凶不得，只能慢慢的溫柔的問。

「娃娃啊，死人很多很多，她們唱歌、她們跳舞！」

唰啦！男人突然站了起來，警方緊張的立刻準備擎槍，「坐下！」

「啦啦！跳舞！跳舞！」男人的手在空中做出擁抱舞者的動作，「啦啦啦，啦啊，好多小朋友在月光下跳舞！」

好多小朋友在月光下跳舞？

難道是誘拐案？所有人心裡都有了一道曙光！

「哪裡的月光下？你在哪裡看見小朋友跳舞的？有幾個小朋友？」

「就月光下啊！好多好多喔！」男人呆呆的看著警察，渙散的眼神突然漸而聚焦，「我指揮時看見的啊！」

「你還指揮？」警察有點無力，「到底在說什麼啊！」

「全部的人都在聽啊！我的舞台……來，準備！」

「準備！」

準備？所有人莫名其妙，男人突然高舉雙手，看上去嚴肅異常。

「坐下！」

男人根本沒在聽警察的喝令，他雙手開始舞動，竟然開始做出了指揮的姿勢……動作優雅曼妙，完全就是個指揮家的手勢。

「找得到他家人嗎？」章警官即刻討論著，「我想知道這個人的背景。」

「啦～啦啦啦！」男人一邊陶醉在指揮中，一邊自喉間哼著樂曲……音符在狹窄的密室裡飄盪著，卻讓童胤恒瞪圓了雙眼。

他向前一步，不敢置信。

「月光，他在哼德布西的月光！」他緊張的大喊著，「他在哼那首曲子！」

汪聿芃立刻調出剛剛才在YOUTUBE找到的樂曲，大聲的播放出來，音樂聲響起時，男人有幾分的遲疑，但是他很快的又進入了狀況。

「小朋友們在月光下跳舞，指的會不會是曲子？」康晉翊驚訝的看向箇子芸，「是指他們在跳這首曲子！」

「這曲子很難跳吧？」蔡志友覺得節奏一點都不快啊！

「是啊，是不好跳……」簡子芸回憶著那鞋子的節拍，「但也不至於多慢……他看過小朋友跳這首曲子嗎？」

旁邊一票警察實在不懂他們在討論什麼，但熟悉「都市傳說社」的章警官大概能猜到一二。

「爲什麼知道這首曲子？」他瞇起眼看著童胤恒，他眨了眼代表是他聽見的。

「好！把音樂關掉。」章警官轉身進去惡臭偵詢室，「好了大指揮家，你停一下！」

音樂驟停，男人幾分錯愕。

「欸，下一段……鋼琴……」

「小朋友在哪裡跳月光？」章警官開門見山的問，「說啊，你在哪裡看見小朋友跳舞？」

「月光啊……好美啊……」男人逕自轉起圈來，「好多好多漂亮的小朋友喔，跳舞，跳舞……啊啊啊，咿咿咿……」

然後，男人陷入了自言自語，又笑又哭的，完全無法溝通的境界。

「于欣，你認識于欣嗎？」蔡志友搖著手機趁機在外面大喊著，「于欣！」

男人連正眼都不瞧，蔡志友飛快的被拉開。

警察們退出那間房，將男人上銬，他依舊沉浸在自己的世界裡。

沒有結果讓大家都很沮喪，原本以為可以找到一些蛛絲馬跡，但最後竟什麼都沒得到。

章警官當機立斷去找第二疑犯，人偶製造師，已經問出來是個姓馮的男人，職業的確塡人偶製造師，領了一票警察便去登門拜訪。學生們被要求留在警局，一步也不能踏出去。

「說他只是睡在墓園裡的瘋子嗎？」蔡志友難受的看著那個男人，「他明明有說些什麼的！」

「挖土是爲了什麼也說不清楚，他要嘛是眞瘋，要不就很會演。」康晉翊也覺得虛軟無力，「月光的事搞不好也是亂講。」

「不是亂講。」

童胤恒眼眸低垂，話卻說得鏗鏘有力。

唯一聽得到「都市傳說」聲音的童胤恒，這幾天來不再聽見女孩的聲音，取而代之的是陌生的樂曲，他哼出來問了大家，卻沒有人知道，直到老師解疑。

「我也覺得，他一定看過什麼，只是說不出來。」汪聿芃深表同意，「德布西的月光不是什麼童謠或是普及率高的歌，隨便都能聽見的。」

「聽見旋律時我完全不能動，同時有跳舞的足音，與那男人說的完全符合，在月光下跳舞啊。」童胤恒皺著眉仰首，「他睡在哪裡，要怎麼看得見跳舞的小朋友？」

墓園這麼大，他在墓園裡看見舞動的小朋友嗎？

「對啊，他睡在哪裡？」簡子芸詫異的直起身子，看到警察就問，「請問一下，你們在哪裡抓到那男人的？」

「在某個墓穴裡啦！」警方不耐煩的應著。

「可以跟我說是哪個嗎？」簡子芸焦急的站起，想請警方畫個方位給她。

警方一看就知道不想理他們，康晉翊拉住簡子芸的手搖頭，現在沒人靠，他們還是低調一點好，這時一旁滑手機滑不停的小蛙終於傳來了YES！

「靠！還是讓我找到了厚！」

「于欣嗎？找到了？」蔡志友急著問。

「不是啦！是找到那個人偶製造師的事！」小蛙有點歉意，要能找到于欣就好了。「我在外送群組問，看有沒有人注意過這傢伙，還眞的有！」

小蛙的打工是外送，不管送吃的送用的，全部都送。

「咦？他叫過外送嗎？唉呀，對厚，孤僻嘛！」汪聿芃喜出望外，「他都叫什麼餐？有人送進屋過嗎？」

「這就是重點啦！錢都用信封裝妥，黏在綠色大門上，東西放下就走！所以每個外送的都記得他！」小蛙刻意放低音量，窸窸窣窣，知道警察在偷聽呢，「猜猜他訂什麼餐？」

康晉翊沒耐性的唉了聲，「都什麼時候了，還猜！」

「很重要啊！啊警察大哥！指一下指揮家睡哪裡啦！我就把這個關鍵線索告訴你們！」小蛙完全一副交換條件的口氣。

「你現在是有線索知情不報喔！」警察走了過來，手上卻早準備好一張圖，「就B區這邊啦！」

他隨便圈了個地方，但熟悉這裡的簡子芸一眼便知，果然是在最遠最靜的角落！那裡根本什麼都看不見吧！

難道……真的有小孩子在墓園裡跳舞？

「換你了啦！」蔡志友推推小蛙，警察大哥都在等耶！

「啊！歹勢！」小蛙神祕兮兮的說著，「他一律點：兒童餐！」

兒童餐！簡子芸忍不住驚訝的掩嘴，這種巧合實在太令人不安了！等人高的娃娃，詭異的五官、盜屍、兒童餐？

「眞是太難纏了！」

警局外走回了微慍的警官們，大家紛紛緊張的站起，多期待後面會有被架住的一個人。

但什麼都沒有。

「沒……沒有嗎？」簡子芸失落的說著。

「對方很狡猾，人是到樓下來回話的，我有看見門後的小廊，但看不到什麼特別的東西。」章警官顯得不耐，「不管問什麼都是一問三不知，客氣的問說想看看他做的娃娃，就搬法條跟我嗆。」

「越嗆越有問題，我就不信抓不到他把柄！」O市的黃警官也顯得不爽，「男孩沒見過、那個大學生也不認識，問他上星期五的行程，就說都在家，又沒不在場證明。」

「那這樣不是可以帶回來問嗎？他沒不在場證明啊！」童胤恒立即發問。

「就憑那個畫素差到不行的錄影畫面？」章警官擺擺手，「不行，那個連我都說服不了。」

「那個……小蛙說他們外送員常送那邊，他都訂兒童餐！」汪聿芃趕緊推了小蛙一把，說啊！

剛回來的警官們詫異的看向小蛙。

「呃，我做外送的，我們外送圈說因爲房子特別，錢又都放在門外，沒人看過他長怎樣，就、就都訂兒童餐。」小蛙瞄著一直進來的訊息，「啊，之前他住在W市……嗄？」

他自己都嚇了一跳，居然之前住哪兒都有人知道！

章警官果然疾步走來，「W市？那邊之前孩童失蹤案也不少啊！爲什麼知道住哪裡？」

「呃，因爲模式一樣，黏在門上的信封還有千篇一律的兒童餐。」小蛙把手機拿給章警官看，「別人說的啦，大家都外送的，不同公司但現在有個小組織。俗稱「都市傳說防衛處」，因爲上次外送員送單後就失蹤回不來，不管信或不信，大家現在都加入這個群組，互相支援照應……萬一送到遠得要命社區，還有攻略可以看。

「W市……好遠，一南一北。」康晉翊很快的在腦海中繪出地理位置，「小蛙，他兒童餐都訂幾份？」

「都訂兩份。」剛剛就有人回傳了，「說W市那個也一樣，大家覺得會不會是同一……」

餘音未落，章警官已經立即展開聯繫，他們或許得到W市一趟。

但是……汪聿芃絞著雙手，于欣還沒找到啊！

「這樣來得及嗎？于欣已經失蹤三天了！」她揪住童胤恒的衣服，「眞的不能直接衝進去找嗎？」

童胤恒緊壓住她的手，他當然懂汪聿芃的心情，大家都一樣，多想衝進人偶製造師的屋裡，救出于欣。

但是，大門深鎖，他們又不是執法人員，能怎麼強行進入？

「先回去吧。」康晉翊沉聲開口，「我們自己想我們的辦法。」

是啊，小蛙若有所思，他們……有他們自己的辦法。

他還眞不信，就進不去那死變態的家。

磅！候詢室裡的男人突然以手拍擊玻璃，瘋狂大笑著！

「聽我的指揮！娃娃在月光下唱歌跳舞！」他使勁拍打著玻璃，警察立即衝進去，「讓我回去！我的舞台，我的家！」

「趴下！不要動！」

滿月。

沒有人有心情吃飯，大家一起回到學校後便分道揚鑣，簡子芸依然跟康晉翊一道，聽說已經住在他那邊三、四天了，她完全不敢回自己的宿舍睡，連回去拿東西都要人陪著。

蔡志友促狹的戳著康晉翊，他羞赧的推回去，直說事情不是他們想的那樣，他睡地板簡子芸睡床，什麼事都沒有。

女孩們走在最前面，汪聿芃就走在簡子芸身邊，但她不是會勾手或是擅長安慰人的類型，只是走著，而且她滿腦子都是對于欣的憂心。

「爲什麼是收藏家？」簡子芸難受的出聲，「爲什麼是我堂妹？爲什麼又是于欣？」

「還不能斷定于欣跟收藏家有關係啦，蔡志友說得沒錯，收藏家喜歡的是屍體啊。」汪聿芃也嘆了口氣，「但有沒有可能因爲于欣看到誘拐小孩，她追上去才被滅口之類的？」

「滅口？」簡子芸驚嚇的看著她，「爲什麼扯到滅口？她只是失蹤！」

「我隨口說的啦！」汪聿芃也慌了，「我只是想到電影裡演的！她會沒事的！我也希望她沒事，她只是被抓起來，或是被關起……會是黑粉嗎？」

黑粉？童胤恒聞言大步上前，「爲什麼想到黑粉？」

「她不是在跟人家戰嗎，或是誰看她不順眼，我們就這個大學，于欣的身分又這麼公開的！」汪聿芃一臉理所當然，「說不定不是中二報復而已！」

「如果這樣我還覺得比較放心！」簡子芸撫著胸口，「不對！三天以上沒有聯繫眞的沒好事！」

「不要再想那些了啦！」小蛙朗聲，「我們就相信她沒事，然後快點想辦法把她找出來就是了！」

是啊，不要去想負面的事，堅信于欣沒事，快點找到「收藏家」，找到被偷的屍體們，說不定也能間接找到于欣。

大家互道再見後各自回宿舍，汪聿芃按慣例陪童胤恒一路到他宿舍門口，雖然他再三婉拒，但汪聿芃根本說不動，她就是怕他突然在馬路上聽見都市傳說的聲音，不能動也太危險。

「沒再聽見了嗎？」她另一方面是好奇到底還能聽到什麼。

「沒有，這個都市傳說應該不會有太多聲音吧？」童胤恒轉過身，「好啦，我到宿舍門口了，妳可以回去了。」

「嗯，有聽見什麼要說喔！」汪聿芃很認眞的說著。

「不想。」童胤恒嘆息，一點都不想聽見。

他下載了德布西的月光，不明白爲什麼一直聽見這首曲子，希望能從這首曲子中找到什麼線索，或連結到那瘋男人說的月光下跳舞。

汪聿芃終於放心回家，一路上有空就撥打于欣的手機，一樣已關機。

連定位都定不到，她簡直像人間蒸發，就在那人行道的盡頭後消失無蹤，而且那天她帶的橘色包包甚至一起不見了。

心裡有許多不好的預感交雜著，汪聿芃只覺得胸口窒悶，說不出來的不祥，需要時間整理。

沒有心思唸書，滑著電腦上關於于欣失蹤的新聞與訊息，不再去看幸災樂禍的酸民言論，而是大量收集所有關於「收藏家」的都市傳說，不管是哪一國、哪種文化，只要相關的文字影片，她全部都紀錄下來。

她很在意那個人偶製造師，不是他顏值高，而是他的「時尚品味」。香水、飾品、充滿個人魅力的搖滾風格，那是完全在炫耀自己的品味啊！他可一點都不畏縮，自豪於自己的裝扮，可這種人卻又孤僻？不與人親近？人偶製造師？未免太矛盾了！

他那樣的穿著打扮，待在家要給誰看？

近來的事令人疲憊，汪聿芃最終還是放棄傳訊息給學長姐，無奈的將視窗關上，關機就寢。窩在床上時，手機仍在手邊，夜間藍光亮起，她再度試著撥打于欣的電話，不管是手機或是各種通訊軟體，每一個她都打。

期待有一個能有人接聽……只要一個就好……

噹……清脆的瓷杯碰撞音隱約傳來，汪聿芃愣了一下，聲音來自廚房。她住的個人小套房設有迷你廚房，毫無隔間，只要坐起就可以看得見在左邊角落的廚房。

她的馬克杯都倒扣在杯架上，那是唯一能發出碰撞音的地方。

噠噠，噠噠噠，足音在她的瓷磚地發出聲響，接著是馬克杯被抽起的「栓」

聲，然後一陣靜默。

「熱水瓶在小桌子上。」

廚房的女孩嚇了一跳，誇張的做出舞台劇才會有的驚嚇效果，雙手放在嘴上，一隻腳還抬起來，看著坐起的汪聿芃。

「那邊。」汪聿芃指著自己床左側的地上，那張日式小方桌上，「要先按解鎖才可以壓熱水。」

女孩有著一頭又黑又直的長髮，後面繫了個很大的紅色蝴蝶結，看上去可能有七、八歲，一身精細的綠色緞面小洋裝，上頭全是蕾絲與亮片裝飾，就像是十八世紀法國宮廷的禮服。

腳上穿著一雙米白色的繫帶包鞋，上頭也繫著蝴蝶結，完全小朋友公主裝。

汪聿芃床邊就是窗子，路燈的餘光照進來，可以清楚看見女孩的模樣，她掩嘴的手很奇怪，沒有手指，而是被紅紗層層纏裹；臉部覆了張面具，不像簡子芸所言的誇張色彩，比較像水彩繪製。

但也好看不到哪裡去就是了。

『找不到嗎？』女孩歪了頭，看著汪聿芃。

「找什麼？」她平靜的坐在床上，手裡緊捏著手機，「妳要跟我說嗎？」

『嘻嘻……』女孩雙手擱在嘴前，做作的竊笑著，兩隻手都被紅紗裹著。

她笑得花枝亂顫，在原地轉著圈，很像在跳舞般，小朋友稱不上什麼優雅，就是很可愛的姿態。

然後，她轉身往門口奔去，『走啊！』

走？現在？汪聿芃緊張的嚥了口口水，可是她不想錯過這個線索，就算現在是做夢她也應該去對吧！掀被下床，隨手抓了外套披上身時，一抬頭，門邊已經沒有女孩的身影了。

「咦？喂！」汪聿芃緊張的想上前，「妳——」

她踩到了什麼。

汪聿芃緊張的縮起腳掌，知道自己踩的不是平面，戰戰兢兢的低下頭，竟看見她房間地板躺滿了娃娃們！

她踩到了某個娃娃的手，驚恐的想向後，但地板滿滿的全是大尊娃娃，她嚇得往後跌坐回床緣！

每個娃娃的服裝頭髮都很精巧，姿勢迴異，有撐著頭側身的，也有仰躺著的，還有雙手交叉於胸前的，總之就是塞得滿滿的，一點空隙都沒有。

所有娃娃都沒有什麼塗不均的石膏面具，或手繪的詭異，她們戴的是平滑的面具，有立體鼻子，以水彩畫出柔和的眉眼唇，顏色一點都不突兀……

才在想著，滿地的娃娃不約而同的緩緩移動頭子，全部看向了她。

『姐姐，來找我啊！』

『姐姐，我們在這裡啊……妳好慢喔！』

左邊突然一抹影子閃過，汪聿芃下意識倏地往旁邊看，一張臉登時就塞在她的眼前，是剛剛那個綠色洋裝的女孩。

這麼近，她可以看見她面具上的五官，還有詭異的味道。

她是嚇到了，但僵硬身子，連尖叫都來不及反應。

『那個大姐姐找不到我們，要不然妳帶她來找吧！』

『等好久喔！』

「……于欣？」大姐姐？「妳們知道于欣在哪裡嗎？我朋友，比我高，人很瘦，她……」

『那個……嘻，她不可以。』一整窩的女孩訕笑起來，『她太吵了，嘻嘻……』

『另一個可以！』

「于欣在哪裡？」汪聿芃激動的拉過了綠衣女孩，「我問——」

好瘦！手感令她嚇了一跳，抓住那綠色的蓬蓬袖時，她覺得她抓到的不是手，而是……更纖細的……

『不要碰我！』

『不可以碰她！』

地面上的女孩突然伸長手爬上來，扯住汪聿芃的身體，直接把她往地上拉！汪聿芃掙扎的想踢開那些娃娃，但她們人太多了，直接把她拽上了地，小小的手壓著她的臉、口鼻與身體！

她不能呼吸了！

『太過分！我們是珍貴的不可以觸碰！』

『那個大姐姐沒有用了！』

『妳也沒有用了！』

『沒有人在等妳！』

『不喜歡妳！他不喜歡妳！』

不喜歡妳！

「放開我——」

汪聿芃使勁的撥開，隻手停在半空中，跳開眼皮，映入眼簾的是雪白的天花板，以及房間那個老舊的日光燈。

她呆呆的看著天花板，感受到自己汗濕了全身，房間一室通亮，熟悉的鬧鐘聲正響個不停。

撐著身子坐起來，爬到床緣把手機鬧鈴關掉，汪聿芃回頭望著地板……她睡在地板上？

低頭檢視自己的衣服，衣服很完整，但是……她的確穿著外出的外套！可惡！

一骨碌跳起，她衝到廚房去，杯架上果然少了一個馬克杯，轉身在小餐桌尋找……沒有！她驚覺的想到熱水瓶，大步往前看向日式小方桌——那馬克杯就在熱水瓶下。

「不是夢……不是夢！」她抱著頭，「跟副社一樣，那些娃娃……」

她下意識緩緩轉頭看向自己的大門，咬著牙上前檢查，所有的鎖都是完整的，倒沒有像副社一樣的被破壞。

瞬間腿軟的癱坐在玄關上，禁不住全身發抖的絞著雙手，昨夜的一切如此眞實，跳舞的女孩們，勉強算得上還行的面具，那個女孩湊得好近……好……好可怕啊！

「哇啊啊啊——」

門外走過要出門的其他樓友，大家也只是略驚嚇的看一下門裡發出的尖叫聲，彼此低聲說著，住這裡那個女生本來就怪怪的，習慣就好。

偎在門上的汪聿芃開始哭泣，她不喜歡那些娃娃。

「什麼叫做沒有用了？于欣！」

汪聿芃把「夢境」告訴了「都市傳說社」的人。

簡子芸用好幾個深呼吸才能壓下恐懼，第一次有種幸好沒住回去的感覺，娃娃們竟然跑去找汪聿芃！但是就她的形容，似乎與她看見的又不一樣……她看見的，是人偶製造師那些粗製濫造的娃娃啊。

童胤恒立即問她要不要去他那邊住，他住的離學校比較遠，但坪數不小。

「我不要。」汪聿芃默默拿出筆電，「我要列問題集，她們如果晚上再來我要直接問。」

問題集咧……蔡志友沒好氣的托著腮，「我覺得她們去找妳也很辛苦啊，能溝通嗎？」

汪聿芃沒理他，知道他在調侃她。

她沒有說出娃娃最後說的那串話，她不想講……那是娃娃們在嚇她的，一定是這樣！

「妳晚上不要一個人落單了，這樣危險。」康晉翊發了話，「找個人陪妳也好。」

汪聿芃點點頭，根本沒聽進去，移動滑鼠的手都還在微微發顫。

童胤恒主動握住她的手，她抬起頭，一臉可憐兮兮。「不然我去陪妳？」

汪聿芃咬著唇，卻還是搖了搖頭，「我怕你在她們就不來了。」

「妳還眞的想再看見那些東西喔？」蔡志友眞心覺得她勇氣十足。

「想。」這倒是斬釘截鐵。

這件事得稍後再想辦法，康晉翊一點都不認爲讓汪聿芃繼續接觸那些女孩或是娃娃會比較好。

「今天新聞出來了，在O市墓園那個斗篷男，以前是指揮家，因爲壓力過大無法登台，便在O市高中樂團兼任指揮，但精神越來越糟，再幾年就瘋了。」康晉翊其實是失望的，這代表斷了一條線索，「家人說沒辦法管，他不住在家裡，到處流浪，挖土是爲了把自己蓋住。」

「昨天晚上家屬就來了，他們也不知道該怎麼辦，帶回家他會再跑出來的，也不可能綁他一輩子。」簡子芸覺得有點遺憾，「好好的一個人，也不知道爲什麼會變這樣……」

「章警官說他一直在說好多死人，月光下跳舞之類的話，但沒有章法跟邏輯。」康晉翊輕輕擊掌，「斗篷男的疑慮算是洗清了吧。」

「目標應該是人偶製造師吧？」蔡志友扯著嘴角，「有種明知他有問題，卻什麼都不能做的無力感，很爛。」

「我現在只希望于欣跟那個人偶製造師或是收藏家無關……」簡子芸相當凝重，「到底在開什麼玩笑，爲什麼不快點現身？」

沒有用了。

汪聿芃腦海裡又浮現了娃娃們的訕笑，她全身發抖的緊握飽拳，縮在沙發上瞪著自己的電腦。

童胤恒察覺到異狀，汪聿芃今天一整天都不太對勁。

「汪聿芃？」

「我想快點找出問題，以前學長他們都是這樣的，順一次，重新順一次。」

汪聿芃連深呼吸都在發抖，「我昨天載了很多資料，我要一個個看。」

來得及的，一定來得及的。

什麼「收藏家」，他不是只挖小朋友的屍體嗎？

第九章
突破

于欣失蹤第七天。

或許是因爲康晉翊等人不再在社團上回應黑粉，黑粉的攻擊已減弱，而于欣失蹤天數過長，已經超過了可能是「誤會」的程度，酸言酸語也不再出現，大家都怕造口業。

怕自己的口業，不是因爲擔心于欣。

這期間簡子芸在社團發了關於「收藏家」的都市傳說，還有斗篷男與盜屍的案件，仔細斟酌用字，單純敘述，廖軍哲原本很介意，說好的不發文呢？但康晉翊表示這種事不發不行，因爲孩童誘拐，也在廣義的都市傳說之中。

所以老師又認爲這牽扯到危言聳聽，遲遲不肯審過，況且簡子芸已經在自行成立的社團裡發表了，又何必介意一定要在社團官網中發？

因爲社團官網人數才多啊！簡子芸又不能在官網寫個新連結，這就代表那是分身，天曉得學校還會出什麼招？「都市傳說社」相關網頁都不行？

盧了三天，廖軍哲好不容易才審過，讓文章上線。

期間他有跑來關心大家的狀況，于欣的案子遇到瓶頸，因爲線索實在太少，連警方都覺得玄奇。

不過說也奇怪，自于欣及那個男孩失蹤後，就再也沒有盜屍案、也沒有小孩子被誘拐，「收藏家」的一切蹤跡都停下，都讓人覺得該不會斗篷男還眞的就是

「收藏家」了吧？

「都市傳說停了嗎？」康晉翊厭煩的滑著電腦，「就跟過去的那些都市傳說一樣，愛出現就出現、愛消失就消失，那不見的屍體跟人呢？」

「如果停了的話……」簡子芸緊張的揪著胸口，不是代表她小堂妹的屍體永遠找不到了？還有于欣呢？跟「收藏家」到底有沒有關連？

「沒有停，你們放心吧。」童胤恒走進社辦，他剛下課，「昨天晚上我還聽過一次月光。」

咦咦？康晉翊跳了起來，「你還聽得見？」

「嗯，完整的一整首，五分四十五秒。」童胤恒其實是無奈大於一切，「幸好我在家裡。」

否則定格近六分鐘是很危險的事，但是樂曲的聲音越來越大了，讓他有種不安感。

「就只有月光？跳舞聲呢？」簡子芸焦急的從辦公桌裡出來。

「都有，這次增加杯盤的聲音，應該說之前比較小聲，現在越來越大聲，還有倒水的聲響。」童胤恒扔下包包，「我覺得……很像是有人在吃飯時錄音。」

湯匙攪拌聲的清脆，倒水的噗嚕聲，移動時輕微的敲擊，背景音樂依然是月光，旁邊還有人在跳舞。

「俄羅斯那位收藏家被抓到時，曾說過他跟他的家人娃娃們，一起開午茶派對。」簡子芸嚥了口口水，「所以，昨天是……」

「對，星期六下午。」童胤恒早就想到這一層了。

他憂慮的是，總覺得這次聽到得很刻意。

他會聽見都市傳說的聲音是偶然，或片段、或短暫，從來沒有這麼完整過，一整首月光，伴隨著舞蹈結束。

難道，像幽靈船那時一樣——對方知道他聽得見嗎？

天哪！童胤恒打了個寒顫，雞皮疙瘩立刻竄起，他想起夜伏墓園那天，背後被盯著卻渾然無所覺，這種比什麼都可怕。

「好了，不要提我了，小蛙呢？」他環顧社團一圈，「我說這兩天連蔡志友都不見了。」

「他們……說在找于欣。」康晉翊面有難色，「我認爲他們人在O市。」

「什麼！」身後的簡子芸先叫出聲，「他們跑去那裡！你怎麼知道？」

康晉翊一臉莫名其妙，「正常吧，猜也猜得到，這很像小蛙會做的事啊！」

「他們想進去人偶製造師的家嗎？」簡子芸咬著唇，「要是被警察知道……他們能用什麼招啊？」

「我覺得小蛙什麼招都使得出來。」康晉翊對這點意外的有信心，「但是我們全部都要裝不知道，以免漏餡。」

啊咧……童胤恒覺得那乾脆不要讓他知道好了！

硬闖別人家裡就是違法的啊，小蛙能使的招鐵定不是正當管道，但是他……他知道非常時刻要用非常手段，只是自己有崁過不去啊。

「汪聿芃呢？她昨天也沒進社辦！」簡子芸比較擔心她，「後來她還有再夢到那些女孩嗎？」

「沒有了……她沒來嗎？」童胤恒這就緊張了，「我這兩天有報告要做，沒有注意到……啊不過我昨天也沒來啊！」

怪了，怎麼就沒有人擔心他啦！

「我想到了！我想到了！」

人都還沒看見，就聽見外面的叫聲，汪聿芃淋得濕漉漉奔進來，還直接在門口絆倒，摔了個狗吃屎！

「汪聿芃！」童胤恒趕緊上前拉起她，「這都快一學期了妳還會跌倒！」

「我……哎唷！」汪聿芃摔得有點疼，勉強起身，「我想到那個人偶製造師的事了！章警官，打電話給章警官！」

沒頭沒腦的，沒人知道她在說什麼，康晉翊本想阻止她撥電話，但是看她那副模樣，現在只怕誰說什麼都聽不進去。

私人專線一響，章警官幾乎都會接，尤其是「都市傳說社」的小子們。『大家都很急，但打再多通也不會幫助我們快點找到于同學。』電話一接起來，章警官的口吻就不太好。

「章警官，我想到一件重要的事。」汪聿芃忙把手機按擴音，直接扔給童胤恒，「你們那天看見他時，他是不是穿得很雅痞？頸鍊、皮手環，還有皮帶什麼的？」

電話那頭一陣沉默後，『對。』

事實上警方都有錄影，的確是個很時尚的傢伙。

汪聿芃抱著筆電打開來，她早就存好了一堆圖片，康晉翊跟簡子芸也都立刻圍上。

「我仔細想過，他是很自豪自己裝扮的，尤其我稱讚他頸鍊很好看時，他超級得意……雙眼都在發光。」汪聿芃的手是在鍵盤上，但眼神很不對焦，「那些飾品是他的精心作品吧……」

童胤恒留意到她出了神，輕推她一下，「重點！」

「啊，重點……對！」她滑開圖片，螢幕裡是一條半透明的皮帶，但形狀非常非常詭異！「章警官，我懷疑那是人皮做的！」

「噫！」簡子芸驚逸出聲，她指著螢幕，「我知道那個，那是乳首皮帶！」

「收藏家」的都市傳說中，有一種人是會把人皮剝下，做成衣服、皮帶、頸鍊或是各種飾品，乳首皮帶，便是有位「收藏家」將孩童正面胸膛乳房部分的皮剝下，變成一條一對乳首的皮帶，再縫製成腰帶或是頸鍊。

「你記得嗎?那個男的脖子上繫著的黑色皮帶，固定間距有穿環，上面就有這種凸起物！」汪聿芃搖著童胤恒，「還有他的皮帶，表面很粗糙，有點厚度，但都不規則，很像多層黏起來縫的，還有黑色的流蘇，會不會是頭髮?」

童胤恒根本不記得人偶製造師的飾品啊，他哪會去看這麼細！

「我只記得他有戴飾品，還有身上香水很香，我看不到那麼多！」童胤恒實話實說，男生一般不會注意這些吧！

「香水味是不是爲了掩蓋那些皮件的氣味?」康晉翊提出質疑，「章警官，那天你們見面時，他身上一樣有很濃的香水味嗎?」

『……是，但是同學們，你們緩一緩。』章警官盡是無奈口吻，『這些也都是沒有憑證的指控，我們一樣不能進行搜查，最多也只能照舊請他出來聊聊。』

「他只訂兒童餐、他訂製娃娃，他的頸鍊我印象很深刻的！」汪聿芃焦急喊著，「我覺得他就是收藏家！」

『案件不是用妳覺得來偵查！』章警官厲聲說著，『我會參考，但我們辦案是講實證，不是臆測或是……都市傳說！』

章警官還是說出來了，都市傳說。

這種怪談，怎麼能當作什麼憑據呢！就算今天眞的是「收藏家」，警方也不能用這條理由去辦案啊！

「抱歉，我們知道了。」童胤恒趕緊接口，「不過汪聿芃的推測請您放在心上，她某方面細心得很可怕。」

『我知道了。』章警官在幾秒的猶豫後，如此回答。

電話掛上，汪聿芃依然緊盯著螢幕，「我沒有亂猜！」

「我知道，我相信妳啊！」童胤恒說得理所當然，「但是章警官是執法人員，妳不能要求他這樣去找人偶製造師吧！」

「是啊，汪聿芃，妳的確很怪，但也從不會亂說，我也信妳。」簡子芸立即表示支持，「但是我們要有證據……證據……」

「跟小蛙說。」康晉翊突然心生一計，「把這件事跟小蛙說！」

「喂喂！」童胤恒即刻阻止，「你想幹嘛？別做犯法的事啊！」

「不是做犯法的事，小蛙如果人在那邊，就有機會找證據啊！」康晉翊已經小跑步回辦公桌了，「人偶製造師不可能足不出戶，既然汪聿芃覺得他的飾品有問題，我們如果拿到那條頸鍊呢？」

喔喔喔，童胤恒雙眼一亮，「證據！」

康晉翊已經飛快的用鍵盤打訊息給小蛙了，小蛙算是玩世不恭型，相對的做事也跟保守無關，有時會在違規邊緣上走，但膽子就是夠大；這點童胤恒就相反了！他會叫童子軍是有原因的，完全就是個守紀律的乖孩子。

「哎呀，哎呀，這是怎麼回事？」與康晉翊辦公桌呈直角的簡子芸圓了雙眼，「天下紅雨了嗎？」

「沒有，只是春雨。」汪聿芃認眞的回答，這才想到把她的傘放到傘桶裡，「雨超大的！」

童胤恒只是無力的看著她，正首走向簡子芸，「怎麼？」

「你們看看我們社團的最新發文！指導老師親自發的喔！」簡子芸忍不住驚嘆，「我突然覺得這個指導老師還不錯耶！」

童胤恒即刻抽出手機滑進社團頁面，廖軍哲竟然以管理員的身分發了一篇最新文章，而且開門見山就說他是「都市傳說社」的新指導老師，內文闡述了「都市傳說社」的宗旨，這是一個探討都市傳說的社團，社員自然是熱愛並且相信都市傳說的人。

而從第一屆開始就以多謎樣案件由「都市傳說社」間接破獲，歷程也都在精華區裡，社員們斬釘截鐵的表明他們遇到的都是都市傳說，所謂的軼事奇談，我們秉持著尊重心態去面對。

寧可信其有是尊重的起始點，如果能對其他宗教信仰如此，為什麼對「都市傳說社」特別苛刻？在你們燒香求神拜佛、遵守禁忌的同時，卻說「都市傳說社」危言聳聽、煽動恐懼，是否太過？

「哇……」汪聿芃也盯著筆電，吃驚的看向同學們，「那個老師喔？」

「對啊，他在幫我們說話耶！」康晉翊笑了起來，「這還真的像我們社團的指導老師了！」

廖軍哲在後面提及了于欣失蹤，酸民們的幸災樂禍，彷彿希望見到她的屍體才會開心，或是看見她的屍體後還欲鞭屍而後快似的；他不理解、不贊同這種心態。

「我已經盡數備份，是否可以合理懷疑這些人與于欣有過節，甚至可能正是直接或間接害于同學失蹤的人……哇哇！」簡子芸一邊照著唸邊驚訝不已，「老師是在說那些人綁架于欣嗎？」

「那只是一種說法，但如果警方真的要這樣處理也是可以的，因為于欣之前就跟他們戰起來了，有過節不為過啊！」康晉翊益發讚賞，「我發訊息給老師，他怎麼突然這麼威？」

豆大的淚水卻從汪聿芃眼眶裡滑出，「因為……于欣已經不見一星期了吧！」

此話一出，社團裡陷入了低氣壓。

是啊，一星期的無影無蹤、無聲無息，沒有任何線索，警方根本無從搜查起。她的個版只剩下一堆的「希望平安」，之前的硝煙漫天已盡數消失。

說要找于欣的他們，也根本束手無策，這是他們深刻瞭解到自己的無能。康晉翊還是發了訊息跟廖軍哲道謝，他只是回一個笑臉，彷彿在說這有什麼似的。

「寧可信其有啊……」童胤恒輕笑著，「記得第一天他說什麼嗎？他科學派的。」

「不信。」簡子芸也失聲笑了起來，「是啊，沒有遇到，怎能相信……」

訊息突然同步跳出在群組，小蛙回覆說他知道了，他除了會想辦法拿到頸鍊外，他還打算直接進入。

「叫他不要冒險！」簡子芸緊張的喊著，「對方是都市傳說啊，他是沒在怕的嗎？不是才回來！」

「在那個遠得要命社區裡，最可怕的是那兩個流氓！」童胤恒完全理解小蛙的想法！

「我懂，但那是都市傳說啊！」簡子芸憂心忡忡，「我等等要考試，非去不可，結束後我們就去O市吧！」

「好！」康晉翊今天已經沒課了，「童子軍，你們留在這裡吧！」

「為什麼？」童胤恒才莫名其妙，「要去一起去啊！」

「我們人這麼多很顯眼耶！」簡子芸收拾好東西，拎了包包就走，「再聯絡好了！」

「不是，顯眼的話分開去就好了啊！」童胤恒轉身走向沙發，「妳去不去？」

汪聿芃完全沒回應，她定格得像尊雕像，不知道在想什麼，童胤恒雙手插腰，一看就知道思路到外太空去了。

簡子芸急匆匆的離開，雖然她是真的擔心于欣、害怕「收藏家」的那些娃娃，更想把小堂妹的屍首找回來，但是她還有生活要過、要上課考試，這些都不能荒廢，她只是個大學生，做不到的事太多了。

社辦另一頭角落鍵盤聲噠噠，康晉翊正在傳訊息與回訊息，童胤恒摘下耳機，挨在汪聿芃身邊，她依然是帶著憔悴望著電腦，或是更遠的地方，一邊搓著拇指，沒有人跟得上她的思考速度……就算跟得上，邏輯也難以理解。

「我想問問題。」她突然啪蓋上蓋子，「我們去找老師。」

就見她趕緊把筆電往包包裡塞，急著就要出門。

「喂喂……妳要去找哪個老師？」童胤恒忙拉住她，「事情說清楚，不要老是說風就是雨！」

「老師不是化學系的嗎？」汪聿芃還有一半的魂魄在異度空間，「我想問一些化學的問題。」

「他生科，等等，妳問什麼化學？」數學系的問這個也太遠了。

「跟收藏家有關啦！」她急著拉他，「你快點陪我去。」

「陪……先等一下！妳知道他現在在哪裡嗎？好歹要查一下他課表吧！」童胤恒立即派工作給她，「妳查，冷靜一下，現在去他如果正在上課也沒輒好嗎？」

唉唷！汪聿芃唉了好大一聲，但童胤恒說得也是，東西放下先查找，看看廖軍哲這堂課人在哪裡……或是下堂課在哪比較準確。

童胤恒向右瞥去時，康晉翊正抬頭看著他，他狐疑的指指電腦，他現在就可以傳訊息問廖軍哲啊，因爲老師在線上啊，沒有課；童胤恒眨了眼暗示別說，反正汪聿芃也沒想到，也要改一下她這種急得亂七八糟的個性。

康晉翊明白的點點頭，露出不懷好意的笑容，怎麼這麼關心同學啊，連個性都想幫人家改善囉！

他忍著竊笑，傳訊息給廖軍哲，說汪聿芃有事想問他，正急著想知道他在哪裡咧！幾秒後康晉翊用嘴型告訴童胤恒，辦、公、室。

童胤恒豎起大拇指，身後同時傳來哀嗚，「他沒課！老師沒課會在哪裡？」

「妳說呢？」童胤恒實在覺得有趣，心思細膩的傢伙竟然一急就什麼都鈍了。

「不管了，我們先去化學大樓！」她嚷著。

「等等！你們要去哪裡？」裡面那個裝蒜第一名，讓熱鍋上的螞蟻急得快翻桌。

「哎唷！我很急耶！我要去找指導老師啦！」汪聿芃不爽的喊著，好像都快哭了。

就見康晉翊慢條斯里的站起，「等我一下，有差五分鐘嗎？」

「有有！快點！」說著，她人都在外面了。

「化學大樓妳熟？」童胤恒悻悻然的走出，「深呼吸，平心靜氣，要不要趁康晉翊收拾時告訴我，妳要去找他問什麼？」

「問味道的事！」她擰起眉心，「我就覺得哪裡不對勁，那個指揮家的腐臭味、人偶製造師身上香水味……香水蓋得過腐臭味嗎？」

「這倒不一定，用量多的話？」

「可是他繫在身上耶！而且如果那是人皮，是經過處理的，應該還要有一種……」她抬高了頸子，深呼吸──「一種我要問老師才能知道的味道。」

康晉翊終於出來，拎了把大傘，他們這鐵皮屋有增音效果，看看這傾盆大雨，聽起來簡直像天降冰雹了。

「啊你要去幹嘛？」童胤恒這才想到，社長跟著是？

「道個謝啊！抽到下下籤還這麼挺我們！」康晉翊嘖了一聲，「做人做人，我就順便去一趟！」

童胤恒點點頭表示瞭解，社長就是不一樣，還是得要有點公關能力。

「這麼大的雨眞的要去O市嗎？」

「小蛙說他今天會拿到證據，我有點擔心，可是又不想跟章警官說。」康晉翊其實心裡百般掙扎，「今天是因爲蔡志友也在我才勉強放心，但是……我還是想去一趟，一小時車程而已。」

「哇！蔡志友跟小蛙啊……」童胤恒覺得有趣，因爲這兩個之前根本水火不容。

蔡志友本是科學驗證社的社長，曾經跟「都市傳說社」對槓過，小蛙超級討厭他的；結果一個花子讓蔡志友瞬間變成「都市傳說社」的社員，但改不了那種凡事用科學思考的態度，小蛙更加度爛他。

但是倒也奇怪，兩個人互嗆互吵，怎麼最後反而走得近了。

一個火爆衝動、一個冷靜理智，倒是不錯的組合。

「他們有說要怎麼做嗎？」童胤恒擔心的是這個，「千萬不要告訴我縱火。」

這是他想得到最爛的招式，放火，保證刑責上身。

康晉翊差點沒噗哧，「這麼容易還需要這麼多天嗎！童子軍！眞想不到你會想到這種招耶！」

「我是想不到才亂講的好嗎！」走在雨中，說話音量得拉高，因爲要跟大雨拼音量啊。

「你忘了小蛙做什麼的嗎？」

小蛙做什麼的？

哎呀！外送——兒童餐。

小蛙背靠在牆邊，吞出最後一口煙圈，一邊留意手機，他身後是間藥局，身邊站著蔡志友，一臉昏昏欲睡。

「早一天說頸鍊的事不就好了！」小蛙踩熄菸蒂，忍不住抱怨，「他昨天有下樓買東西的說，那時我去跟他撞一下扯下鍊子就得了。」

「扯下來？講這麼容易，萬一扯不下來呢？」蔡志友涼涼的說，「用我的方式，撞到，找他麻煩，最多就是打架，打架中要扯東西比較理所當然。」

「啊現在說這麼多，前提是要他下來啊！」小蛙實在有點不耐煩了，「他這麼多天都沒叫餐，有點奇怪耶！」

這麼多天，簡子芸絕對沒想到，小蛙待在O市已經三天了，而且幾乎採取跟監的方式，就窩在她老家樓下，她老家隔壁兩間後面有一個狹窄的防火巷，必要時他就躲進去。

這段時間人偶製造師只有下樓一次，他跟蹤但似乎被發現，結果什麼成果都沒有。

昨天蔡志友問他死到哪裡去了，他才剛報完行蹤一小時後，他也很有義氣的來了。

「他昨天下樓如果買了吃的，說不定這幾天都不會叫兒童餐了。」

「他叫兒童餐才不是給自己吃的咧！」小蛙不知道哪來的信心，「你知道嗎？前兩天我還聽見他放音樂咧！」

「……」蔡志友略直起身子，「該不會是那首月光吧？」

小蛙豎起食指指向他，賓果。

自從童子軍說出那首德布西的月光後，沒事他們就放在耳邊聽，這像一個線索一樣，說不定誰放這首歌就是「收藏家」！

「我等等就要去買兒童餐拐他了。」小蛙已經做了決定，「你準備好了沒？」

蔡志友扭扭頸子，「這需要準備什麼？」

小蛙轉身就走，他的機車停在隱密處，這件外套脫下來也正是美味外送的制服，他打算直接引蛇出洞！

因爲如果兒童餐是買給被拐走的小朋友吃，上一個小朋友被綁架至今七天了，慘一點的可能已經吃不到了，所以他不再叫兒童餐；也或許是因爲黃警官與章警官的連番上門，讓他起了戒心，也不方便叫餐。

反正今天他就是要強迫他接受！

將兒童餐放進機車後的保溫箱裡，小蛙脫下外套，整理一下外送制服，轉身才要跨上機車，鑰匙卻倏地被人拔走。

「……」小蛙僵著身子，尷尬的擠出笑容，「警、警察先生好！」

「好，很好。」黃警官打量著他，「制服哪來的？很厲害喔，摳死撲累嗎？」

「沒有，我眞的在美味外送工作。」小蛙急忙出示員工證，只是請一星期假。

「我看看，A市分店，這裡是O市耶！」警官綻開笑容，「少年仔，我們警察別的不厲害，過目最厲害——你是當我不認得你喔！」

「哎唷，既然認得，就快點吧！我要趁熱送去。」小蛙伸手討鑰匙。

「你在這附近三天了別以爲我不知道，你想幹嘛？」黃警官斂了神色，嚴肅的看著他，「年紀輕輕，不要擔個前科。」

「我已經有了啊！沒在怕！」小蛙超自然的聳肩，「我有傷害前科，少年法庭。」

「啊是怎樣，集點喔！自豪喔！」黃警官怒斥著，「不學好還在那邊想幹嘛？」

「就是集點！」小蛙激動的驅前，「警察大人，我們在集都市傳說啊！」

……黃警官扯了嘴角，勾勾手指叫他下車，說有什麼事回警局再說。

「我沒犯法回什麼警局！我跟你認眞的。」小蛙湊前，劈里啪啦的把剛剛社長傳來的訊息說了一次。

黃警官詫異的瞪大雙眼，與同事半晌說不出話時，小蛙還直接拿出手機訊息的圖片佐證。

「乳首皮帶，割小孩子皮膚下來的喔，一長條皮上面兩個乳頭，再在上面穿環。」小蛙說得驚悚異常，「我們社員看見的，就他們兩個跟人偶製造師見過，你不是也看過嗎？」

黃警官緊張的把照片拿過來細瞧，那天問話時……馮先生的確戴了許多飾品，但這要怎麼證實是人皮？

「口說無憑，你們隨便講都行。」另一個警察搖了搖頭。

「所以我們要有憑據，必須製造一點狀況。」小蛙認眞的看著，「大哥，你信我，我傷害前科的耶，要怎麼引起紛爭我很會！」

「哇，這還可以驕傲的是嗎？」黃警官不敢置信的看著他，「你們……什麼都市傳說社的，有必要做到這樣嗎？」

「都市傳說是一回事，啊如果那個小朋友眞的是他抓的呢？」小蛙眼神轉爲凌厲，「再如果，我們朋友也是他抓的呢？」

啊，黃警官瞬間明白，那個姓于的女大生。

「我不知道你要做什麼，」黃警官把鑰匙丟還給他，「小心一點。」

「我六點會去敲門，你們不要靠太近，在附近『便民』就好。」小蛙跨上機車，「今天一定要進屋！」

「擅闖民宅。」黃警官警告著。

小蛙劃滿微笑，什麼也不再說的直接催了油門離去。

蔡志友遠遠的就看到機車，不知道爲什麼這麼久，但他還是裝沒事的路人一樣在人行道站著，選擇了人偶製造師正樓下，完全的死角，對方從二樓要往下看也瞧不見。

六點整，小蛙的摩托車轟隆隆響著，任誰都聽得見。

好整以暇的把兒童餐放在門口，然後他很認眞的左顧右盼，開始按門鈴——

嗶！嗶——嗶——

按了一會兒，終於才傳來聲音。

『誰？』

「送兒童餐！」小蛙自然的喊著，站在對講機前微笑，「先生，今天沒放錢喔！」

『兒童餐？我沒訂啊！』

「嗄？不是啊，你這不是……」小蛙唸著準確的地址，「兩份兒童餐啊！」

『我沒訂！你拿走！』喀嗟對講機就掛上了。

小蛙冷笑，死命壓著對講機──嗶──的長音，這次超快就接了。

『你想做什麼？』

「我只是按地址送餐，先生你不要爲難我！兩百五十塊！」

『我就說我沒有訂！好，我現在打去你們總部問！』

「好，我叫警察，說你訂餐不想付錢！」小蛙眞的拿起手機。

『等一下！』

低頭的小蛙忍住笑容，聽見那聲等一下眞是太美好了。

「怎樣？」他抬頭，「叫警察來喬啊！我這邊紀錄清清楚楚！」

『我眞的沒訂！但我不想把事情搞那麼複雜，多少？』

「兩百五。」

『你等一下。』嗟，掛掉。

YESSSS！小蛙朝向一旁的蔡志友示意，人偶製造師要下樓了！只要這扇門能開，蔡志友就有辦法讓門不要關上！

黃警官們在遠處觀望著，這些大學生眞的有點瘋狂。

喀噠喀噠，裡頭傳來開鎖的聲音，蔡志友小心的不出現在門前，以免門縫下的影子露了餡，手裡握著細鐵條，就是爲了能及時插進門縫裡不讓人偶製造師有機會把門關上。

門開了一小縫，非常小，錢從裡面遞了出來。

「兩百五十元。」裡面傳來男人的聲音，伴隨著他身上好聞的香水味。來這招？小蛙挑了眉，上次這樣遞錢出來的客人，送出來的是冥紙咧！

「先生，您的兒童餐。」小蛙刻意不接過錢，彎身把兒童餐拎起，「點一下吧，我怕你陰我。」

「我……我爲什麼要陰你？」

「你剛都死不認有訂了，我們銀貨兩訖，對大家都好。」小蛙認眞的把兒童餐往前遞，「這邊兩份你確定後，我也點錢。」

門的那一邊沉默了。

那眞的是小蛙遇過最長的沉默，或許只有兩秒鐘，他卻覺得像兩分鐘那麼久。

「你們公司眞的太扯了！」氣急敗壞的聲音傳來，跟著綠色的大門終於敞開，「美味外送是嗎？我以後絕對不會再透過你們點餐！」

小蛙忍耐並恭敬的遞過兒童餐，同時接過了男人手上的兩百五十——他鬆開了手，錢幣從男人手裡滑落。

「咦？」男人一怔。

「現在——」小蛙大喝一聲，猛然衝向人偶製造師，直接把他撞進了門裡。

但人偶製造師機靈得很，他門只開了半身寬，自個兒的右半身就在門後，小蛙完全不可能把他撞倒——而這份衝擊，反而讓他急忙的把半掩的門給關上！

但蔡志友驟然現身，細鐵棒瞬間就插進門縫裡，同時差點戳到了人偶製造師的臉！

「卡住了！」蔡志友欣喜的大喊，一腳踹著門，同時小蛙也用身體撞開門。

一人難抵兩人的力量，人偶製造師踉蹌往後，整個人摔進自己的玄關裡。

「找外送麻煩喔！」小蛙故意大聲吼著，找個由頭，再回頭跟蔡志友交代，「你在外面！不要進來！」

小蛙踹開門，不客氣的踩過人偶製造師就往裡頭衝去。

他……蔡志友想要往前，卻遲疑了，這進去說不定眞的是擅闖民宅啊！所以小蛙才讓他在外面嗎？

「你幹什麼！不許進我屋子！」人偶製造師驚恐的翻身而起，踉蹌追著小蛙前去。

「救……報！報警！」蔡志友留意到街坊的注目禮，扯開了嗓子大吼，「有人打架了！快點！出事了！」

小蛙一進屋沒多久就差點沒被濃烈的香氣嗆死，他衝上二樓，撲鼻而來的卻是令人作嘔的氣味——那是腐爛與香水混合的味道。

二樓的半空中有一條繩索，繩索上披掛著滑嫩的、帶著殘餘鮮血、小小塊的……皮。

「于欣！于欣妳在哪裡——」小蛙扯開了嗓門，「回答我啊！于欣！」

第十章 收藏家

汪聿芃在實驗室外觀望著，學生正在做實驗，這堂課的老師不是廖軍哲，童胤恒推著她往前，老師們的辦公室在前面才對，廖軍哲的研究室是C816，不是實驗室。

「好臭。」她抱怨著。

「做實驗味道能多好？」康晉翊從後門偷瞄，「好像是在做標本吧。」

汪聿芃掩鼻快步通過，研究室就在走廊盡頭後右轉第一間，上面放著廖軍哲的名牌。

「報告！」汪聿芃敲敲門，禮貌的推門。

電風扇跟燈都是開著的，不過……她探頭偷瞧，沒有人。

「老師？」童胤恒把門推得更開，「老師？」

「去廁所吧，包包也還在。」康晉翊跟著走進去，電腦也開著呢。

汪聿芃直接跑到桌邊亂瞄，電腦螢幕畫面正是與康晉翊的對話視窗，手機、筆跟本子都散落在桌上，還有一大疊待改的作業。

「生科系好像也沒很輕鬆。」童胤恒環顧四周，還眞是亂啊，「好多作業的感覺。」

「我覺得沒有一科是輕鬆的，如果你想認眞學的話。」康晉翊倒是中肯，

「厚！那實驗的味道實在有夠重的！」

「每天都在教學生做實驗，自己說不定也要練習，難怪老師身上也都一樣的味道……」童胤恒皺眉趨前，「還是把門關起來好了。」

才要關門，一個人影突然出現，嚇得童胤恒跳起來。

「啊……對不起！」來人是位女老師，「那個……我找廖老師。」

「他可能去洗手間了，我們跟他有約。」童胤恒禮貌的回應。

「啊，好……一下就回來嗎？那我等等再過來。」

「有需要幫老師轉達的嗎？」童子軍永遠是好學生。

「啊，也不是，我想確認一下……是不是他拿走了實驗室裡大量的福馬林。」女老師碎碎唸著，「我五分鐘後就回來。」

汪聿芃憋著氣，對，這氣味就叫福馬林啊，是防腐的液體……但是在人偶製造師身上沒有這麼強烈、在指揮家身上也沒有，但剛剛那實驗室跟廖老師身上卻有。

「大量福馬林？」童胤恒回身走了回來，「說起來廖老師身上都是這味道。」

「娃娃也是。」汪聿芃站在椅子邊出聲，「那天晚上來找我的娃娃們，全身都是這個味道。」

康晉翊嚥了口口水，福馬林啊，那代表那些娃娃……不，那些女孩就是……

童胤恒覺得有些怪異，他走出去張望，然後直接奔出，康晉翊不解他要幹嘛，也跟著到門口去。

「廁所裡沒有人！」童胤恒不敢在走廊上大喊，是衝回研究室裡喊著，「老師不在研究室。」

「嗯？可是我們約好了啊！」康晉翊也回到桌邊，畫面上廖軍哲留的最後一句話的確是：『我等你們。』

「我說，廖老師出過什麼嚴重的事嗎？」汪聿芃幽幽出聲，「為什麼他的臉後來變得那麼可怕？」

童胤恒不解，他疑惑的看著她，「他的臉哪裡可怕？」

汪聿芃動手拿起桌上的相框，轉向童胤恒與康晉翊，「這時很完整啊，可是現在臉上都是縫合的疤，這邊一道、那也一道、那邊也一道……」

廖軍哲臉上哪有疤？康晉翊不解的回頭看向童胤恒，他看到的就是好好的老師啊，是不帥，有點工業宅的樣子，但臉上乾淨得很，不要說疤了，連顆痣都沒有咧！

童胤恒陡然一驚，刷白了臉色。

「妳說什麼？他臉上都是疤？」他急速的衝到前面，「整張臉都是？」

「嗯，不是嗎？縫合的疤痕。」汪聿芃皺著眉，「還有縫線咧！」

什麼！童胤恒狠狠倒抽一口氣，如果說他能聽見都市傳說的聲音，那能看見如月列車的汪聿芃──就是能看見都市傳說的人！

「在說什麼啊？」康晉翊開始翻動桌上的東西，「老師的手機也沒帶，應該走不遠……」

「汪聿芃……只有她看得見夏天學長啊！」童胤恒忍不住低吼，「你還不明白嗎？」

汪聿芃看著桌上蓋著的本子，大膽的翻了過來。

筆記本裡寫的不是教學筆記，也不是什麼學生名單，更不是分數紀錄……而是五線譜。

手繪的音符一個個躍然其上，康晉翊瞪大眼睛望著，笨拙的跟著哼唱，這首……

月光！

聲音瞬間傳進了童胤恒的腦子裡，他痛苦的隻手撐住身子，瞠目結舌的看向汪聿芃。

他聽得見都市傳說的聲音。

但是她看得見都市傳說啊！

叭叭！

滂沱大雨中，簡子芸打著傘，正準備回社辦，身後的喇叭聲引得她回頭。

「廖老師？」

「妳怎麼還在這裡？妳不知道出事了嗎？」玻璃窗降下，她聽見門開啓的聲音！

「咦？出什麼事？」簡子芸詫異不明。

「先上車！找到于欣了！」廖軍哲高喊著！

「什麼？」簡子芸大吃一驚，傘差點滑掉！「她還好嗎？在哪裡找到的？」

「就是那個人偶製造師，這可多虧小蛙了！」廖軍哲推開門，「來，先上車再說！等等到社辦，我直接載大家去醫院看她！」

啊……簡子芸點點頭，趕緊狼狽的收傘上車。

「抱歉，傘很濕！」她尷尬的把雨傘放在前頭地墊上。

「沒關係！安全帶，」廖軍哲提醒著，「聽說找到時很虛弱，但生命跡象穩定，已經先送醫了！」

簡子芸撫著心口，難以言喻的感動，懸著七天的心總算是放下了，她突然有種想哭的衝動！

「太好了！真的……天啊！小蛙怎麼做的？太厲害了！」

「他用計闖進人偶製造師的家裡，發現裡面全是屍體和屍體做成的娃娃，最後在地下室找到于欣！」廖軍哲緩速開車，雨實在太大了，連視線都模糊。「總之是救出來了！欸，妳傳訊息跟大家說，我們三分鐘內到！」

「好！」簡子芸坐定後開始翻找手機，略微皺眉，老師今天身上的藥水味比平常更重呢。

車內停止對話後變得安靜，只剩下音樂飄揚，她打字飛快的傳送出去，樂音演奏到熟悉的篇章……月光？

簡子芸心臟一緊，尷尬的看向廖軍哲。

「老師……也聽月光啊？」其實這也沒什麼吧，那天也是老師告訴童子軍這首曲子的啊！那天之後，幾乎每個人都下載這首曲子反覆聆聽。

廖軍哲轉了過來，微微一笑。

「我一向只聽月光。」

然後，他臉上一塊皮從額頭到鼻尖，直接剝落了！

「哇啊啊啊啊啊！」

廖軍哲老師，才是「收藏家」。

康晉翊已經無法停止的咒罵自己，爲什麼沒有發現！而且在簡子芸傳訊息給他時，他偏偏因爲怕打擾到實驗室裡的學生，將手機設靜音，錯失了可以提醒她的機會！

儘管童胤恒再三勸慰，只有汪聿芃可以看得到都市傳說，誰會想到這件事？誰會無緣無故問起在你眼裡的老師長怎樣？訊息的事根本誰都來不及，那時簡子芸已經在廖軍哲車上了，傳訊只是刻意讓大家知道簡子芸在他手上罷了。

甚至不需要訊息，學校裡多的是目擊者，監視器也都拍下簡子芸在雨中上了廖軍哲的車。

汪聿芃不知道原來在大家眼裡的廖軍哲老師，是張完整的臉……只有她從頭到尾見到的是縫補般的臉皮！

他們三個站在大雨裡，齊聚於廖軍哲的住處，警方正準備攻監，他們被要求站在偏遠角落，不得妨礙行動。

「妳起疑了對吧？」童胤恒看著事發後就絞著雙手未曾放開的汪聿芃。

她點點頭，臉色蒼白，「但是我不知道……我不懂他爲什麼找副社？」

「妳起疑怎麼沒說？」康晉翊痛苦得只會指責人，「如果早點提的話，說不定、說不定……」

「沒有這麼多說不定！康晉翊，你理智點！這不像你！」童胤恒再度擋在汪聿芃前面，「要怪大家來互相傷害啊，你是社長，堂堂都市傳說社社長居然沒留意到老師就是收藏家？」

「我……我怎麼……」康晉翊回頭氣得一拳搥在牆上，「可惡！」

唉，童胤恒只能拍拍他的肩，另一邊回頭看向不知是冷還是畏懼，抖個不停的汪聿芃。

「不能怪妳，妳沒有責任。」童胤恒趕緊握住她互絞的手掌，好冰啊，「妳自己也知道，別不放過自己。」

「我如果……早點說的話……」汪聿芃喃喃唸著，「但是我就是不確定，才想去找老師……」

「確定什麼？妳原本找廖軍哲要問什麼？」童胤恒溫柔的問，不希望給汪聿芃任何壓力。

「味道。」她轉頭看向他，「人偶製造師身上的味道、指揮家身上的，還有……他身上的，我後來想起娃娃來找我那天晚上，她們身上都有類似的氣味。」

康晉翊聞言，忍下激動情緒，「福馬林？」

「嗯，沒這麼明顯，但是跟實驗室裡的味道一樣，尤其跟老師身上的味道更像，當然娃娃更強烈些。」汪聿芃逕自歪了頭，眼神飄向更遠，「我沒有特別留意，是因為……我以為化學系老師身上有那些味道是自然的。」

「生科。」童胤恒不忘諄諄更正，「但老師身上因為有實驗，多少會有氣味是正常的，這沒錯！但是娃娃……」

「娃娃的事是眞的，可是又像做夢，而且味道不是最強烈的事，我就沒有在意……應該說我覺得這幾天老師身上的味道更重了，才讓我想起來。」汪聿芃邊說邊點頭，回憶跑到兩天前，廖軍哲來社辦關心大家的情況。

很重的味道，那時她不想靠老師太近。

「記得那個女老師嗎？她說有大量的福馬林不見了，想問是不是廖軍哲借的。」康晉翊痛苦的深呼吸，「看來就是他，所以味道才這麼重。」

「為了防腐嗎？」童胤恒不明白，「為什麼是現在？他拿這麼多福馬林，而且有使用還會味道加重，是為了什麼？」

為了……汪聿芃打了個寒顫，她心裡有個想法，但不可以想，也不該說。

「臉皮嗎？汪聿芃不是看見他披著縫合的臉皮？」康晉翊覺得一片混亂，「我想都沒想過，都市傳說會這麼眞實的在我們身邊。」

「這就是都市傳說吧。」童胤恒心裡有些寒意，「既迷人、難以捉摸，卻又如此令人膽寒。」

警方準備行動，大家示意現場安靜，汪聿芃雙手合十的祈禱，拜託老師就在裡面、簡子芸也在裡面——于欣也在裡面！

磅！警方破門，行動開始得如電影般緊湊且令人屏息，老師住在二樓，緊接著就可以從外面的窗子看見警方垂降撞破窗戶、另一組人馬破壞鐵門。

吆喝聲不斷，無線電嚓嚓嚓的發著聲響，汪聿芃看著這一切，眼神卻飄到遙遠的方向。

娃娃一開始去找副社是有原因的，她們希望副社去找她們，或許不是「找」，因爲娃娃在「等她」。

在驚嚇與半夢半醒間，簡子芸會不會沒聽清或沒記清楚她們說了什麼？

「不要動！警察！」

震撼的吼聲不必無線電都能聽見，童胤恒緊張的望著上方，多希望下一秒聽見的是找到學生了！

但是一兩分鐘後，都沒有令人慶幸的聲音發出。

機車隆隆，來人被警方攔阻後發生了爭執，康晉翊留意到騷動之處，但所幸有認識的警察很快的放行，讓趕來的小蛙他們進來！

「到底怎麼了？」小蛙跟蔡志友一來劈頭就問，跟康晉翊異口同聲。

他們這邊簡子芸被老師綁架，小蛙他們在O市卻眞正的破獲了誘拐兒童案！小蛙一時以爲他們眞的找到了「收藏家」，但是卻無論如何都沒找到于欣啊！

黃警官趁機進入了人偶製造師的家裡，發現了駭人的無數具孩童屍體，有已經做成娃娃的，也有被剝下皮後正在做防腐處理的，二樓的浴室裡塞了許多無法使用的屍塊，而整個二樓像曬衣廠，吊掛著凶手精心割下來的人皮。

從幾具死亡不久的屍體可以看得出來，孩子們生前受到多慘的虐待後才死亡，然後凶手再處理屍體，割下皮後，做成娃娃，裡頭是層層繃帶，外頭眞的以石膏塗抹，再粗劣的畫上五官。

「那邊簡直是屠宰場，全都是小孩的屍體……」蔡志友連說話都氣得捏拳，「那個、那跟于欣一起失蹤的男孩還活著！被救下來了！」

「眞的嗎？太好了太好……」童胤恒頓住了，「那于欣呢？」

「沒有于欣的身影，那個變態說他不認識于欣，只歇斯底里的說不能碰他的娃娃。」小蛙在場幾度想衝上去掄他幾拳，「他那天只拐走紅格紋襯衫的男孩而已，那個男孩……奄奄一息了。」

「所以老師是怎麼回事？簡子芸被綁架又是怎樣？」蔡志友急著提問，「那個人偶製造師才是收藏家不是嗎？爲什麼廖老師也是？」

康晉翊沉痛的嘆氣，簡短的跟小蛙他們敘述了他們意外發現的經過，還有直到他們去找廖軍哲的前一刻，他都還自然的與他們對話。

「人偶製造師那邊有……副社小堂妹的屍體嗎？」汪聿芃突然幽幽的問。

小蛙略爲一怔，也在思考，「我覺得沒有，因爲他喜歡誘拐活的回去虐待，再殺害，不是挖屍。」

人偶製造師也是「收藏家」，但是是另外一種。

「啊……這樣就對了就對了。」汪聿芃難受得閉上眼，「老師才是盜屍的那個。」

「什麼就對了？說中文啊汪聿芃！」小蛙急躁的上前抓過汪聿芃搖問，童胤恒飛快的伸手擋下。

「不要逼她！她現在在金星，你越急越逼，等等到海王星連追都追不上！」童胤恒直接動手推了小蛙向後，「退後！」

「幹！所以現在到底是怎樣？」小蛙急躁的喊著，另一邊有警察直接走過來。

「那個同學……方便過來一下嗎？章警官請你們上去。」警察瞄了一下眾人，「最多兩位，抱歉。」

童胤恒即刻回身，「康晉翊！」

社長當然是毫無疑問的人選，康晉翊往前才踏出一步，卻選擇輕推童胤恒，「你帶汪聿芃去吧。」

「什麼啦，你社長，你帶她去好了。」

「你們去吧。」康晉翊微笑著，「我不是怕，但我覺得你們最適合。」

他回頭看向小蛙他們，小蛙聳了肩，外星女一向都看到得比較多，她去沒什麼疑慮，啊童子軍就聽得見啊，「都市傳說集點卡」硬是比大家多一格，就是不一樣！

汪聿芃沒等大家決議，已經直接跟著警察走了，童胤恒頷首道謝後也急忙跟上，其實心裡非常不安，對即將面對的東西會感到害怕，又難掩心底那股興奮，廖軍哲老師到底是什麼？

公寓裡的其他鄰居或觀望或是嚇得撤到樓下來交頭接耳，童胤恒他們在引領下直接進入了廖軍哲的公寓，老師的妻小不住在一起，因爲教學緣故，所以只有他一個人住在學校附近的公寓裡。

一踏進屋子裡，聞到了令人作嘔的味道。

「嘔……」汪聿芃超想吐，立即有人拿口罩跟垃圾袋給她。

「拜託別吐在現場。」鑑識小組語帶警告的說著。

童胤恒閉息接過，老師家看上去沒什麼特別，只是有些髒亂，看起來像一陣子沒清掃過的樣子。章警官從某個房間裡繞出來，一看見他們即刻招手，汪聿芃快步往前。

「裡面有具屍體，不是很好看，你們考慮一下。」他把話說在前頭，「目前不能斷定是誰，因爲已經開始腐爛了，凶手有做過簡單的防腐，減緩腐爛的速度，但是……」

「推測多久了？」童胤恒鼻音很重。

「還不能斷定，但至少兩個月了。」章警官看向童胤恒，擔憂的是汪聿芃，「女生也要看嗎？」

「我要看。」汪聿芃不假思索，甚至急著想進去。

童胤恒只有頷首，章警官讓開一條路，跟現場人員交代著，讓他們兩個人進入房間裡。

味道很重，除了腐爛味外，還有熟悉的福馬林氣味。

他們進入的應該是套房，房間裡的浴室外站滿了人，小小的浴室沒有浴缸這種東西，只有一個乾溼分離的淋浴間；淋浴間位在一開門就看得見的地方，採全透明的玻璃門，所有的縫隙明顯的被水泥封死，如此才能防止裡頭的液體滲漏。

一個男人就這樣漂浮在自己的淋浴間裡，嘴巴張大的像是在慘叫或嘶吼，雙眼瞪得最大，臉部已經沒有皮膚，用一種詭異的神情載浮載沉。

童胤恒無法直視太久，因爲裡面那具屍體好像在瞪著他們吶喊似的，只剩肌肉紋理的臉部早開始腐爛，模樣令人噁心得難以接受。

「是老師。」汪聿芃每個字都在抖，「他沒有臉皮……」

「這個等我們驗DNA後就能確認。」章警官趕緊讓他們轉身離開，「先出去吧！還好嗎？」

汪聿芃點點頭，但抖個不停，連走路都遲緩，一看就知道完全嚇到了。

「章警官，我們知道那是廖軍哲老師本人，另一個是撕了他的臉皮偽裝的傢伙，他把簡子芸帶走了。」童胤恒壓低聲音說著，「那個就是我們說的……收藏家。」

章警官示意他先不要提，輕拍著汪聿芃的肩頭，將他們一路帶到樓下去，直到跟小蛙他們會合。

「你們不是才在O市破了變態殺童嗎！我以為那個才是──」

「兩個都是，因為他也把孩子做成了娃娃。」康晉翊沉重的說著，「記得嗎？戀屍癖者，收集屍體的喜好……」

都可以算是「收藏家」。

「天曉得會有兩個！怎麼會──」蔡志友完全跟不上發生的速度，「所以呢，如果那個廖軍哲是假的，他是收藏家，那他帶走簡子芸要做什麼？」

「已經有人在追車子了，放心，只要他開著車，就能找得到他！」

是嗎？童胤恒並沒有這麼樂觀，簡子芸發訊息給大家時，寫的是：「我在廖老師車上，我們再三分鐘到社辦，大家準備好。」

這應該是那個老師同意她發的，他並不怕讓他們知道簡子芸跟他在一起……或者說，他就是要讓大家知道簡子芸上他的車一樣，他沒在怕。

就算監視器再多，當初還不是沒拍到于欣去了哪裡嗎！

「收藏家不是只要屍體嗎？」章警官不解的是這個，「還是這根本不是都市傳說？」

「這就是！一定是。」童胤恒斬釘截鐵，「簡子芸上車時我又聽見了月光，我動彈不得！」

「汪聿芃看見的廖軍哲老師，跟我們看到的不一樣啊！」康晉翊也情急的嚷著，「她看見的是披著人皮面具的人，只有她看得見如月列車啊！」

這就是都市傳說，如假包換。

汪聿芃突然下顎顫抖得厲害，踉蹌向後，撞上童胤恒的身子，他急忙的攙扶住她，爲什麼她看起來快暈倒了？

「實驗……她們說于欣是實驗品。」她哽咽的出聲，惶恐的看著大家，「他想要簡子芸，他一開始就想要她！」

唔……意識逐漸回來，簡子芸努努眉，疲憊的睜眼，腦子尚且無法運作，只是聽見了有些細瑣的聲音，還有頭好重，怎麼覺得有點痛？

有些迷茫之際，鼻間終於嗅到了臭味，她旋即緊蹙眉掩鼻，這是什麼味道!?

她迅速睜亮雙眼，這才意識到四周的昏暗，她在哪裡？這是什麼地方？簡子芸慌亂的伸手亂摸，觸及冰涼的地板，身後的磁磚……啊啊，抬起頭往上看，那兒有處方框勉強透進些許光線，這裡是……

她力持鎮靜，讓視線適應四周，她撐起身子靠著牆，左手邊有道門，門縫下透著光，而且有人在外面走動，影子來回掠過。

她在一間浴室裡，右手邊應該是浴缸，大膽的伸長手觸摸，果然是！

她爲什麼在浴室裡？而且這不是她家的廁所，她明明……屋外傳來曼妙的音樂，簡子芸跟著一顫身子——月光。

廖軍哲老師！

對了！簡子芸回憶迅速恢復，她被叫上了車，老師說小蛙他們救出了于欣，所以要載大家去醫院看她！甚至還讓她發訊息給大家，然後、然後她留意到這首近期聽爛的月光，竟也在老師車子裡播放……

然後呢？她努力回想著，她是怎麼到這裡的？在車上時老師說，老師……老師額頭髮際處的皮像貼紙外膜一般，向下滑落撕開，露出裡面枯褐色的——天哪！

簡子芸倒抽一口氣，逼自己不能出聲，她想起來了，老師的臉下方有另一張臉，她驚恐的要下車，卻手忙腳亂的要解安全帶，下一秒鼻間就由後被老師用毛巾捂住，立刻失去了意識。

簡子芸飛快的檢查自己全身上下，是否有受傷，衣服也都還在，手腳都沒有被束縛……老師綁架了她嗎？不，等等，那個會是老師嗎？他臉上的皮是怎麼回事？再加上現在在外頭的月光……

腳步聲近，簡子芸立刻往右邊角落縮去，看著人影來到門縫下。

「應該醒了吧？簡子芸同學？」是廖軍哲的聲音，親切的說著。

啪，燈光立即亮起，在黑暗中太久的簡子芸即刻因刺眼而閉上眼，耳邊聽見門把扳動的聲音，拼命的睜眼出一條縫偷瞄。

地板的視線看見拖鞋，她正努力讓眼睛適應光線。

「果然醒了！還好嗎？」這時的聲音又變了，是沒聽過的嗓音。

簡子芸勉強的抬起頭，看著站在浴室門口的男人……乾癟的皮膚，沒有頭髮的頭顱，就像是知識性頻道裡的乾屍！

「哇呀——哇——」她驚恐的尖叫著，拼命後退，卻只能在角落裡掙扎，「走開！你是誰！？」

「怎麼會問這種問題呢，妳應該知道我是誰吧？」男人微笑著，「妳應該是很有智慧的女孩啊！」

他是誰？簡子芸戰戰兢兢的回頭，淚水拼命的滑落，發抖看著彎身對她笑的木乃伊男人……

「收……藏家？」她哽咽的說著，「那個Anatoly？」

男人劃上了微笑，木乃伊基本上沒剩多少肌肉留存，但還是可以看見被牽動的皮膚，「幸會，簡子芸。」

「不可能……怎麼可能？你是俄羅斯人，應該在醫院的！」簡子芸恐慌的說著。

「什麼名字都無所謂，Anatoly只是近期的一個代號而已，一百年後也可以是廖軍哲。」男人朝簡子芸伸出手，「來，我跟妳介紹妳的妹妹們。」

什麼？妹妹們？簡子芸僵硬的看向他，「妹妹？」

「是啊，我一直覺得要有個溫柔堅強又聰明的大姐姐比較適合。」收藏家說得很認真，「妳就是不二人選。」

「收藏家」，是盜屍者，只盜孩童的屍體，爲什麼會找上已經二十歲的她啊!?

「于欣……于欣呢?」下一秒，簡子芸想起了她，「是你嗎?你也要她當姊姊嗎?」

「噢!」收藏家搖了搖頭，「那女孩不適合，太大，人也太嗆了，我要溫柔自制的，懂嗎?」

「于欣呢?」簡子芸根本不想聽他廢話，嘶吼著。

「我沒騙妳。」收藏家眼神朝她身後一瞟。

後面?簡子芸不安的緩緩回首，看見的卻是半拉起的浴簾，她這半部被遮去，可是卻可以看見左半邊的確有人坐在裡頭，而且水龍頭上，甚至就掛著……于欣的橘色包包!

「于欣!」簡子芸激動的一把掀開簾子，「于欣妳——」

于欣頹然的坐在浴缸裡，依然穿著她失蹤時那件白色透膚上衣，盤起的頭髮已經散落，蒼白的臉因爲腐爛所以腫脹，皮膚泛黑，表皮的糜爛處正鑽出一隻肥美的蛆蟲。

曲起的膝蓋處全是血痕，擱在上頭的手也已經開始腐爛。

「啊啊啊……啊啊啊啊——」簡子芸再也受不了的崩潰尖叫，「于欣!」

她死了!她死了!她死了!

「防腐沒有很成功啊，不過我已經知道怎麼做了，新方法總是要實驗一下。」

收藏家突然拿出一綑彩色紗巾布，抓過簡子芸的左手就開始纏！

咦？她嚇得看著近在咫尺的「收藏家」，她手上是深藍色的薄紗，正一圈圈纏住她的右手，跟……她不可思議的看著在浴缸裡腐爛的于欣，跟她的手一樣……

「放開我！你要幹嘛!?」簡子芸使勁扭動著身子，但收藏家輕鬆一圈便把她的身體圈住，死死纏住她的左手，「救命——救命啊——」

「聽不見的。」收藏家冷靜的割斷紗巾布，簡子芸看見利刃時收了音，「我要先把該纏的纏住，不然像于欣一樣，手上有太多傷口會腐敗得很快。」

于欣指尖尖端的確黑色一片，一大堆小小的蛆蟲在那兒鑽進鑽出的……于欣！于欣！

「不——不！你為什麼要這麼做!?你為什麼殺了她!?」簡子芸瘋狂的扣住浴缸邊緣，「收藏家是戀屍癖啊！你應該只是盜屍而已！不是殺人！」

「說什麼！她是我從墳墓裡挖出來的啊！」

什麼？于欣之前在墳裡嗎？怎麼可能？她好端端的為什麼會在墳墓裡？

簡子芸低首痛哭失聲，幾乎站不住的任「收藏家」開始纏起右手……這到底是怎麼回事？他們遇到的都市傳說，跟傳說中的完全不一樣啊！

盜屍的「收藏家」，爲什麼會變成綁架啊？

「我說放開我！」簡子芸用力往牆上撞，連帶著讓收藏家也撞去，發瘋的原地扭身就是要掙開箝制，這次連腳都用上了，拼命踩踏。「放開——放開放開！」

掙扎兩輪之後，收藏家突然一拳往她頭尻下！

「啊！」簡子芸整個人即刻摔上地。

「我可不希望有傷口，妳配合一點吧！」收藏家蹲了下來，決定先扯過她的右腳，「我沒時間等妳的膝蓋痊癒了，眞是不小心的人！」

這麼近看，簡子芸模模糊糊的淚眼眞的看見一個木乃伊化的人在跟她說話，他有著不像東方骨架的五官，高大且五官深刻，或許不是俄羅斯人，但也不是東方骨架！

「我不要！」她踢著腳，收藏家正在纏腳的動作被迫暫停，抬頭時怒氣沖沖。

「妳眞的很不聽話！妳是長姊啊！」收藏家氣得低吼，一骨碌站起直接扯住簡子芸的頭髮，不客氣的往外直接拖離浴室。

「不不——于欣！」簡子芸淚眼婆娑的看著浴缸裡防腐失敗的屍體，「于欣！救我！于欣！」

無力反抗的簡子芸被越拖越外面，伸長了手也搆不到于欣。

『嗶！』

突然間，于欣的喉間發出了聲音。

『藍芽配對連線中，請稍後……』

咦？簡子芸被拖行的動作停止了，收藏家回身不可思議的看著于欣，鬆開了簡子芸的頭髮，狐疑的往裡看去。

就是現在！

「怎麼可能……」跨過簡子芸的身側，收藏家往浴缸裡的于欣逼近。

簡子芸一骨碌跳了起來，直接往外衝，但是她根本不知道這是哪裡，胡亂衝撞的一路奔出，這屋子裡處處是東西，到處都是……娃娃？

觸目所及，這似乎是客廳的地方坐滿了各式各樣的娃娃，有看書的、有躺著，還有戴耳機的……腳上的紗巾布纏到一半，讓簡子芸腳底一滑，她歪斜的左撞右倒，直接朝窗邊的圓桌上撲去。

「哇啊！」一陣杯盤鏗鏘，她抓著蕾絲桌巾摔到地面。

一只杯子在她眼前摔了個粉碎，瓷片迸起，她嚇得別過頭，就怕碎片刺進眼裡。

然後，她看見了一支熟悉破碎的小提琴。

咦？

錯愕的抬頭，地上坐了一個娃娃，手上抱著破碎硬修補起來的小提琴——小如？小如？

「又一個又一個！」男人氣急敗壞的聲音傳來，「我就說，死的比活人可愛太多了！」

收藏家粗暴的由後拽起簡子芸，拉過就近的椅子，把她按上去，每個動作都粗暴到令簡子芸發疼，她雙手被綁在椅子上，然後「收藏家」才仔仔細細的開始纏緊她的腳。

「那是小如嗎？那是小如嗎？」她向右轉著頸子，激動的問！

「我喜歡會拉小提琴的女孩，不愧跟妳有血緣關係，妳說——」收藏家抬起頭，溫柔的笑著，「她會拉月光嗎？」

簡子芸無力的躺在椅子上，看著眼前被她弄亂的圓桌，這是什麼浪漫的桌面啊……午茶組？蛋糕？水果，還蕾絲桌巾，上面還有假珍珠，這是在拍什麼網紅下午茶嗎？

還有坐在桌上那些……手上裹著素色紗巾，戴著面具與假髮，身著華麗禮服的小女孩娃娃們。

等等，這是汪聿芃看見的娃娃們！

對面的娃娃身後，有一扇可以對開的窗戶，透過蕾絲窗簾，隱約的可以看見

外頭的夜色，還有……月亮。

「妳放心好了，」收藏家用力將她雙腳綁住，簡子芸嚇得低頭查看，「我很有自信，能用最新的科技讓妳變得很美。」

他享受般的再拉過一大段深藍色薄紗，這次他站起身子，往她的臉逼近。

「你想把我活活做成娃娃嗎？」簡子芸哽咽得幾乎語不成串了，無法克制的劇烈顫抖。

「妳怎麼會變得這麼愚蠢呢？」收藏家皺起眉，眼裡流露出一抹失望，「我最討厭活人了呢！」

那于欣是什麼？簡子芸瞪大淚眼，看著那深藍紗巾布罩住自己的臉、眼、耳、口、鼻——那你想對我怎麼樣!?

第十一章 月光下的舞台

于欣失蹤下落不明後，「都市傳說社」的副社長簡子芸也被廖軍哲老師綁架，而廖軍哲的公寓裡卻有著另一具不明且防腐處理的屍體，警方正在加緊查驗DNA，想知道死者身分。

如果那具屍體屬於廖軍哲，那麼死亡時間研判至少一個月以上，那這一個月到學校爲大家上課，與老師們談笑風生，甚至還參加校務會議、成爲「都市傳說社」指導老師的人又是誰？

一夕之間，種種意外與悲劇，卻讓「都市傳說社」聲名大噪，有別於之前的質疑或是咒罵，這一次大家懷抱著無限的好奇與驚訝，因爲那個「廖軍哲老師」有太多目擊者，學生們也都上了他一個月的課啊！

社團裡被留言灌爆，「收藏家」那篇文章下一堆人回應，甚至連廖軍哲發的那篇護航文都被拿來大做文章，例如最明顯的一句便是：「寧可信其有。」

如果那個老師是都市傳說本人，那多可怕啊！他跟大家一起生活，看著一堆黑粉質疑都市傳說的存在，還成了「都市傳說社」的指導老師耶！

黑粉瞬間消失，一個字都不敢吭，說不定正躲在棉被裡發抖，就怕夜半敲門，有人來訪想證實都市傳說的存在。

這份熱鬧並沒有影響「都市傳說社」的主要幹部，因爲他們都在發狂的尋找「收藏家」的去向，還有簡子芸人在哪裡！

經過一夜，汪聿芃沒有等到想等的人，那些娃娃沒再來找過她。她完全無法入睡，哭了一整夜，帶著一雙紅腫的眼到社辦，自然也無心上課；童胤恒也好不到哪裡去，一整夜的月光讓他如殭屍般躺在床上，直到天亮音樂聲才停。

「收藏家」當然知道他聽得見啊……是他主動問廖軍哲老師那首曲子的，再蠢都知道好嗎！

小蛙跟蔡志友心急如焚也無能爲力，他們一早又被叫到O市去了，身爲破案者加闖入者，還有很多細節需要他們再釐清，人偶製造師認爲被他選中的孩子是幸運的，可以跟他永遠在一起，殘忍的行徑令人髮指，家屬們幾乎包圍警局多次想要追打他，也未能得逞。

唯一倖存下來的男孩傷勢慘重，而且已經一週沒有進食，受盡了凌虐，精神狀況非常差，任誰都不能碰他，必須施打鎮定劑才能好好的跟父母接觸。

康晉翊腦袋一片空白，他完全想不到「收藏家」可能去的地方，他花了一整晚再度把有關的都市傳說都讀過一遍了，還整理出這次的相關事件，任一細節都沒放過，把社辦的白板上寫得滿滿的。

學長說的，遇到困難，就把所有線索寫上去就對了，順一次。

康晉翊塡滿了白板，心裡卻紊亂得無法整理；而呆坐在沙發上的汪聿芃如行屍走肉，不管外界有什麼聲音她都無動於衷，想法在腦子裡亂竄，但卻一樣都抓不到。

剛下課的童胤恒看著社團裡的死氣沉沉，也不知道能怎麼辦。

「我來吧。」他上前，接過了康晉翊手上的筆，「你要不要休息一下？」

「怎麼休息？一點頭緒都沒有！」康晉翊略顯激動。

「你不休息也找不出來啊！」童胤恒推著他往沙發上去，「你呢，坐在這兒休息一下，汪聿芃！」

女孩動也不動，童胤恒直接拉她起來。

汪聿芃倒也乖巧，跟著他來到白板，手裡被塞了一支紅筆，童胤恒敲敲白板，輪到她了。

她站在白板前，手裡拿著紅筆發愣。

「寫啊妳，想到什麼就寫，空白的地方都填上去。」他抓起她的手，筆尖停在一處空白處，「妳那天說什麼實驗品？寫上去。」

汪聿芃望著白板，深吸了一口氣，「于欣，于欣是實驗品。」

「寫。」

于欣是實驗品、大姐姐怎麼還不來？大姐姐指的就是簡子芸囉？汪聿芃劃上了等號；然後呢……她在于欣名字上劃了一個✕，她覺得于欣已經不在了，實驗品聽起來好糟糕，實驗……

「味道」、「于欣」、「大姐姐」、「簡子芸」、「收藏家」、「娃娃」、「不喜歡妳」、「屍體」、「討厭」、「防腐」、「福馬林」、「實驗室」、「實驗品」。

汪聿芃發狂似的在所有空白處草草的寫上一大堆字，童胤恒不打擾她的退後一步看著，藍色的筆跡是康晉翊寫上關於「收藏家」的特性、癖好，也包括了O市那個變態的行徑。

O市那個變態是誘拐孩童、虐待後再割下人皮，將屍體做成娃娃，他要活人是因爲要凌虐、要活生生的人皮。

童胤恒使用綠色的筆，開始圈起「誘拐」、「戀童」、「人皮」、「娃娃」、「屍塊」。

「這是O市那種戀童加戀屍的，我覺得還不是最正統的收藏家……」童胤恒看著紊亂飛舞的紅色字跡，到底在寫什麼鬼畫符，等於？

「不喜歡妳是什麼？于欣跟實驗品又是爲什麼？」他問著。

「娃娃不喜歡我，喜歡簡子芸，所以他們不要我！」汪聿芃的筆突然從指間滑落，「也不喜歡于欣，是因爲她是實驗品——實驗室！」

筆才落地，她人已經轉身衝出去！

「幹嘛？」康晉翊連跳起都來不及。

「追上！」童胤恒直接衝出去，跑百米的傢伙如果不趕緊追，一下子就看不到人了！

康晉翊不是體育型的，根本跑不贏他們，他也不急，反正等等再用LINE問他們在哪裡就好了！他先到白板前拍下畫面，再趕緊追上。

汪聿芃沒命的狂奔，直接衝到了那天經過的實驗室，不顧裡頭有人在上課，二話不說就衝進去了。

「福馬林的實驗是什麼？」她直接對著講台的老師問，全班錯愕不已。

「同學？」老師根本不懂這是怎麼回事！

「廖軍哲，廖軍哲老師上課用到福馬林！那是什麼實驗？」汪聿芃焦急的問著，分貝高了起來。

童胤恒好不容易趕到，看著一教室莫名其妙的學生們，就知道又晚一步了。

「老師對不起！我們是都市傳說社！」現場一陣譁然，「我們想知道……廖軍哲老師之前授課有關於福馬林的實驗是什麼？」

「都市傳說社」！現在提起這個社團根本無人不知無人不曉！

「那個是眞的老師嗎？」

「如果不是？那他是什麼啊？」

「請問都市傳說是眞的嗎？」

若是平常，汪聿芃一定會立即發傳單，但現在誰也無心回答這些問題啊！

「應該是標本，學生有做許多實驗品，鎖在後面的櫃子裡！」老師倒也配合，直接帶著他們到後面的倉庫，「我們一個老師一個櫃子，學生的作品都會鎖在裡面。」

汪聿芃立刻鑽過老師身邊衝入，看見廖軍哲的櫃子裡，果然擺滿玻璃瓶，裡面是學生們做的標本，動植物均有，小老鼠看起來栩栩如生。

「不會腐爛……以前收藏家用什麼方式防腐記得嗎？」汪聿芃雙手貼著櫃子，急躁的看著童胤恒。

「小蘇打……」

「小蘇打跟鹽。他挖出兩百多具遺體出來，結果只有二十幾具防腐成功，成爲他的娃娃。」康晉翊也趕到了，「以現在的觀點來看，那樣的防腐並不徹底。」

「就算這樣還是會腐敗吧。」老師補充說明。

「所以他學到了！」汪聿芃拍著玻璃櫃，「他學到新科技的方式，如何讓屍體變得更完整，廖軍哲本尊是一個，然後是于欣……」

于欣的名字上面打了一個✕，童胤恒沒有忘記，「妳認爲于欣死了？就爲了他想徹底實驗防腐？那可以找任何一具屍體，或是……」

「他喜歡簡子芸！我說了，他討厭我、也不喜歡于欣，娃娃在等簡子芸！」汪聿芃貼著玻璃櫃的手開始發顫，「他要的是女生、要最新鮮的狀態保存下來的屍體，跟這些標本一樣……」

老師一愣，「但是這些標本，我們是拿活體動物來，將牠們殺死之後才──」喝！老師倒抽一口氣，難道……

「他帶走簡子芸，是爲了把她殺死，然後立刻做成標本嗎？」康晉翊簡直不敢相信，「收藏家不是這樣的！」

「收藏家」不該是這樣的！對！童胤恒完全同意，因爲收藏家是個戀屍狂，他可以花幾年的時間去墓穴盜屍，又怎麼會去做殺掉一個人的事呢？

「那如果……」童胤恒心裡有一個很要不得的想法，「他一樣從墓穴裡把簡子芸的屍體挖出來呢？」

毫無遲疑，汪聿芃直接衝出倉庫。

康晉翊瞬間愣住，他瞪大雙眼，顫著下巴看向童胤恒，「活埋？」

「啊啊啊啊──啊啊啊啊啊──」

歇斯底里的尖叫聲只在窄小的棺木裡迴盪著，女孩在裡頭連翻身都無法，隨便一轉身就會撞上棺木側邊，雙腳被綁住無法動彈，但一曲膝就會撞到上蓋。

她在棺材裡！在棺材裡！

「變態！死變態，什麼收藏家，說穿了你只是一個變態而已！」簡子芸聲嘶力竭的哭喊著，眼前自然是一片黑暗。

棺木眞的好小，小到不管是誰在裡面都會有幽閉恐懼症！

蓋子幾乎就在鼻尖以上不到五公分，左右兩邊的棺木壁根本貼著自己的手臂，往下移動幾寸就能踢到棺木，她甚至還得微微曲膝，這棺木該不會是小孩的吧？

她是不高，但也不該就這麼把她塞在……孩子的棺木。

簡子芸忍不住哭了起來，這棺裡的氣味的確難聞，雖不至於腐爛時的可怕，但的確有股揮之不去的怪味，即使她整顆頭都被薄紗蓋住，也還是能嗅得到那代表死亡的氣息。

「變態……死變態……」她痛哭失聲，無力的被困在這小小的棺木裡。

「收藏家」用那深藍色的紗巾將她的頭纏住，眞的只有纏住，沒有勒死她，也沒有阻礙她的呼吸，然後直接打暈她。

她沒有任何抵抗的餘地，只知道在昏過去前，聽見的最後一句是：「妳也喜歡下午茶吧？」

不喜歡！再怎樣也不想跟一屋子屍體還有變態一起喝下午茶！

尖叫過了、哭過了，簡子芸的情緒漸緩，她想到在浴缸裡腐爛的于欣，她也曾待在這裡嗎？「收藏家」說他拿于欣做過實驗，確定了要如何才能完整的保存一個人了。

挖墳盜屍的「收藏家」，喜歡的當然是從墳裡拖出來的屍首，所以他把她放在這裡，不必等她餓死，她剩下的空氣不會太多，一旦窒息而亡，他就會獲得最新鮮的屍體，即刻進行防腐，再做成親愛的家人。

隨著時代進步，「收藏家」連屍體都想客製化了嗎？

爲什麼是她？簡子芸不明白，大姐姐只是藉口吧，他不是應該找個年紀稍長的小朋友就好了嗎？

「收藏家」沒有綁住她的雙手，只是她雙手分別綁上了柔軟紗巾，手指無法靈活運用，但至少還是能抓握東西。

簡子芸靜下心，開始扭動身子，將紮起的上衣拉起，伸手進入衣內，好取下卡在內衣上的蛋糕切刀。

抽出了刀子，她知道這算不上利刃，但總是個工具，可以敲響棺木，可以試著撬開一絲縫隙，可以讓她心安。

不急，慢慢來。

她連做了幾個深呼吸，闔上眼睛讓一切平靜，慌亂與掙扎是現在最不需要的。

她大概知道她在哪裡了，仔細想過一輪就能找到頭緒，她希望康晉翊、童子軍……或是汪聿芃他們也能想到她可能的位置，她必須保持冷靜，等待救援。

緩緩的用刀小心割開自己手上的薄紗，她必須相信他們會找到她的。

他們是「都市傳說社」，只要夠瞭解都市傳說，沒有問題的。

伸手探索著棺木的邊緣，關節處就是最弱的一環，簡子芸努力的翻身面對關節，刀刃試圖插進那關節縫隙裡，她需要更多的空氣等待。

她要相信，社團會找到她的。

會找到她的。

汪聿芃衝出去後便很難追，童胤恒只跟康晉翊撂一句再聯絡後便去追她，不管她想到什麼，鐵定要先回社辦拿包包才行！

留下來收拾善後的康晉翊先跟上課的老師道歉，師生們都很體諒，並且多了份詭異的「敬畏」，在倉庫間的對話大家全聽得一清二楚，「都市傳說社」不像在演戲，畢竟真的有學生失蹤，他們提起活埋、防腐，都只是叫人毛骨悚然。

上過廖軍哲課程的學生才覺得背脊發涼，幫他們上課的那個是變態？凶手？

戀屍癖？綁架犯？還是、是都市傳說？不管哪個都很可怕啊！

老師們也在慶幸自己還活著，他們甚至跟那個廖軍哲一起吃過飯！

還沒回到社辦，童胤恒就傳訊說立即往O市，汪聿芃完全無法暫停，她就是立刻要過去，康晉翊自然叫他們先去，他隨後就到。

回到社辦時，門只有半掩，看來那兩個急驚風的傢伙走得很急。

他馬不停蹄的整理東西後也要離開，但是他不知道爲什麼要去O市，簡子芸人在那邊嗎？活埋的地點一定在那個公墓？這是什麼邏輯？

附近被盜屍的市鎮有好幾個吧，那天章警官不是說了，最近的盜屍案有一百多座，還有不知道或沒報案的，橫跨九個城鎮市，最少往返要六小時。

難道就因爲人偶製造師那個虐童變態在O市，所以——

回身要關燈時，卻突然看見在社辦中間那塊白板上，多出了筆劃痕跡！

「這什麼？」他不可思議的往前走近白板，剛剛他用藍色、汪聿芃用紅色、童子軍用綠色，可是白板上現在有四種顏色！

那支紫色是從哪裡來的？

紫色的白板筆在他們紊亂的白板上劃著圈以及連結線，他們三個人寫的關鍵字都有被圈起：「**挖屍**」、「**屍體**」、「**防腐**」、「**新鮮**」、然後在他寫的「**收藏家**」旁，硬圈了十道有吧，變成超粗的紫圈圈線條，上面還打了好幾個星星。

接著紫色的線連結到「**挖屍**」，連結線上打了三顆星，另一個也被粗體紫框起來的，是「**新鮮**」。

「**收藏家**」的確特色是挖屍沒錯，然後……這是誰寫的？康晉翊直覺的梭巡整間社辦，剛剛誰來過嗎？

不管了！他先把白板拍下，急著出門，一路專心的衝到輕軌站，一上車便先與童胤恒聯繫，他們早他一班車而已，約好在轉乘的鐵路那邊會合。

然後，就先打給不知道被困在哪裡的小蛙跟蔡志友！

『怎樣？』蔡志友一接起電話，緊張的說著，不過明顯的是壓低聲音。

「你們還在局裡嗎？」

『走不開啊，外面被記者包圍了，我跟小蛙都不想被訪問！』蔡志友聲音很厭煩，『我們現在是躲在警局裡！』

「噢？沒辦法離開嗎？需要你們幫忙啊！」康晉翊可急了，可信任的人手不多啊！難得他們已經在O市了！

『找到簡子芸了嗎？』蔡志友緊張的躲到角落去說，小蛙就挨在他身邊緊張兮兮，但聲音宏亮的他，還是讓全警局都聽見了！

大家莫不屏息以待，有人還站起來想聽得更清楚些。

「可能！我們覺得她可能被活埋，這樣收藏家就可以獲得最新鮮的屍體，進指揮家？」

而製成娃娃。」康晉翊簡短的交代，「沒時間說詳細，但是你們能不能找到那個

蔡志友跟小蛙都還在驚愕中，活埋？把人活埋是什麼概念啊!?

聽得電話那邊沒聲音，康晉翊又喊了一次，「喂！喂？」

『啊……在在！』蔡志友血液都退了一半，『把人活埋是爲什麼？』

「不重要！你們去找指揮家，問他娃娃到底在哪裡跳舞？」康晉翊焦急的，

「他看見的月光下在哪兒，一定要找到！找到他才能找到簡子芸！」

『等等，那個指揮家是個瘋子啊！』

「我覺得瘋語中有幾成眞……太多巧合了，賭他一把！」康晉翊再三交代，

「如果眞的找到那個地方，再通知警方！」

『……認眞點啊，社長！萬一變成謊報怎麼辦？』蔡志友實在不喜歡這種無

憑無據的事啊。

「……所以我才說等你找到，看情況啊！」康晉翊眉頭緊擰，「我覺得指揮

家一定看到了什麼！我相信他！」

『我不相信啊……』蔡志友哀號著，社長是哪裡來的信心？

『哎呀！你煩不煩啊，先照著做就是了！』小蛙的聲音傳來，『康晉翊，我

們會努力去找，簡子芸那邊就拜託你了！』

唉……聽到這種請託，康晉翊根本壓力超大，「我會拼盡全力的，但是……好！我會！保持聯繫喔！」

小蛙超自動的幫蔡志友切斷電話，他還一臉不滿的瞪著他，「講這麼容易，人去哪裡找？而且沒頭沒尾的……」

「找就是了，康晉翊他們一定發現什麼了，只是沒時間說！」小蛙倒是信任度十足。

兩個人一轉身，面對的全是整間警局裡的視線。

咦？等等，這個陣仗是……蔡志友哎呀的皺眉，他們講話太大聲了嗎？

「那個指揮家已經交保了，我聯繫他們家人。」黃警官上前一步，直接揚聲，「不過我推測他應該不在家了，聯絡巡邏的去找！上次在哪裡找到他的？」

「九號公墓十六區那邊！」

蔡志友跟小蛙兩個人幾分驚愕，現在是什麼狀況？

「我載你們出去！其他人隨時聯繫！」黃警官看著他們，「走了啊！還要躲嗎？」

「啊……可是……」外面那些記者們？

「所以我們護著你們，不管他們問什麼，你們不想回答就一個字都不要說！」

警察們立刻來到他們左右，「低著頭，我們會推著你們走，鑽進車子裡就對了。」

「謝謝！」蔡志友略為激動的說著，「我們是眞的需要找那個指揮家……」

「人命關天，不管那個什麼傳說不傳說的，能救一個是一個。」就近的警察嚴肅的說，「我可不想再看到那麼殘忍的場面了。」

所謂殘忍，是警察們上了人偶製造師的二樓後，看見怵目驚心的場景。

孩子的屍體跟屍塊到處都是，剝下的皮吊掛在曬衣繩上，連存活下來的男孩都被折磨得不成人形，多少警察都是有家庭有孩子的人，誰都無法接受那種殘忍的場面。

但對他們來說，這不是什麼都市傳說，而是活生生的變態！

不過對於失蹤的大學生、死亡一個月卻還能在學校任教的老師這些事，他們寧可信其有，就把他當一個都市傳說，先救人再說！

汪聿芃完全靜不下來，她也是急著要去找那個指揮家，那是她能想到唯一可能的線索！

廖軍哲老師早就身故，沒有人知道「收藏家」在哪裡，而指揮家卻能說出「許多娃娃在月光下跳舞」，即使懷疑可能是人偶製造師，但她總覺得扯到「月光」，身爲指揮家不可能不知道德布西的名曲吧？他說的搞不好就是在月光曲下跳舞啊！

這跟去簡子芸或是到她房間的娃娃們一樣，她們都在跳舞不是嗎？

與康晉翊會合後，他們一路趕往O市，期間蔡志友跟小蛙分別跟兩批警方去找尋指揮家的下落；找到指揮家的公墓裡空空如也，九號公墓也不小，而且也不確定指揮家會不會亂跑，目前沒有看到人。

蔡志友跟著另一批警察去找指揮家的家人，偏偏他們早已不住在O市，遠在兩小時路程外的C市，委託當地警方也有點尷尬，事情目前暫時希望不要擴大，所以黃警官還是決定親自前往。

在火車上的汪聿芃淚水擦不停，她完全慌亂，童胤恒必須一直牽著她的手，才勉強能安撫她的情緒。

「才一天，沒事的，沒事。」他不停的重複這句話，「如果他只能在半夜行動，也沒多久。」

「棺木裡空氣有限……」汪聿芃自始至終盯著膝蓋，「如果簡子芸慌亂的哭喊，只會消耗更多的氧氣……」

「他破壞過棺木，應該會有縫隙吧？再小都是縫，土壤也不會是封死的，爲了方便挖她出來，基石也不會封死，所以總會有空氣會流進裡頭。」童胤恒輕聲的在她耳邊說著，「妳必須相信這件事，我們要確信她會活著，只是要快。」

他說得其實很心虛，因爲封死的棺木外，還得考慮到「收藏家」把棺木埋在幾公尺之下。

「要快。」汪聿芃顫抖著點著頭，深呼吸時，淚水又從眼角滑落。

好不容易抵達O市時天已經黑了，小蛙他們還沒有找到指揮家，但是去電指揮家的家人卻確定了他已經又逃家了，家屬是無能爲力，也不想去追蹤。

「一點想法都沒有嗎？他可能會跑去哪裡？」康晉翊簡直不敢相信，「他家人就這麼放心？」

「這是沒辦法的事，他神智就不清，困著他反而抓狂，這幾年他在外面倒也過得很好。」警方也是無奈，「這種家務事我們管不了，那個人也沒造成什麼問題，我們更不可能逮捕或是採取什麼行動。」

康晉翊他們一下車就先到O市的警局，結果卻得到這樣的消息。

「好歹問個概念吧，就他曾經去過哪裡？」童胤恒擔心的說著，「不然這樣漫無目的的找……」

「有，我們同仁有問了一些地方，他們先到附近去尋找，不過，」警方趕緊加了但書，「這次我們找到他之前，他跟家裡失聯五年了，所以這五年他去過哪裡，家屬並不清楚啊！」

五年啊，這麼長的時間誰知道指揮家曾流浪過哪些地方？九號墓園似乎是他近一年來的家，但是小蛙說裡面什麼都沒有，之前還有用品跟衣服，現在看起來他似乎沒有回來。

「不行等了，簡子芸沒有時間！」汪聿芃焦急的跳起來，「我們、我們去找最近被盜屍的墳墓……」

「妳知道有多少個嗎？」童胤恒按住她的肩，「不說這裡，最近被盜屍的有……」

說不出準確數字，他求救的轉向警察。

「九個市鎮，一共有一百四十七座。」警方皺眉，「你們認為她被活埋在其中一座墳裡？」

「對，這是最大的可能，算是空間利用吧。」康晉翊厭煩的說著，「但我們也只能猜，畢竟收藏家喜歡挖屍，所以只能猜他會把人埋進墓裡。」

「一百四十七座，九個市鎮，要怎麼做？最快只能報警；但我不知道警方會接受這種報案嗎？」童胤恒早就思考過這個方法了，「就算有人接受，還得召集人手去找墓開挖……這中間的時間不知要花費多少；還得考慮如果警方不受理呢？這種報案毫無根據，一通電話就希望警方帶鏟子去找人嗎？」

「同學說得對，人手夠的話我們巡邏時還是會去看看，但是一百四十七座墳不是小數目，而且還得開挖！」局裡的警察也很中肯，「如果能有更準確的方向……」

「所以才要找指揮家啊！他知道在哪裡，找到收藏家就能找到簡子芸！」汪聿芃也覺得煩躁異常，「一百四十七座，怎麼這麼多！這樣來不及的！」

「……不過，要不要還是試一下？」康晉翊拳頭一直緊綳著，「總之請各地警察幫忙去看一下，說不定就剛好可以找到埋簡子芸的那座。」

警方們交換眼神，他們似乎不能作主，但是開始聯繫上級主管。

外頭傳來喧鬧聲，康晉翊好奇的往外探看，果然又是記者圍攻，小蛙跟數名警官突破重圍衝進來了。

「康晉翊！」小蛙看見他格外開心，往內一瞧，「童子軍！外星女！你們都來了！」

看小蛙揮汗如雨，其他警察也一臉焦慮疲憊，但是他們身後沒有別人。

「指揮家還是沒蹤影嗎？」康晉翊憂心的問。

「沒有，我們不只是墓園，我跟著到附近找，整個O市都尋了遍，不知道他在哪裡！」小蛙急忙跑到飲水機那兒去盛水，「還有問過幾個見過他的人，也都去找過了，通通沒有。」

「不是不知道這個人，之前常看到他在附近晃，但真沒想到要找時這麼辛苦。」警察們也氣喘吁吁。

「他對這邊比我們還熟，說不定躲到我們不知道的地方去，或是他有別的根據地。」另一個警察也搖著頭，非常無力，「我聽說陳仔他們那邊也在找？」

「嘿呀，不過他住在C市沒多久，照理說不會待在不熟悉的地方太久。」

汪聿芃聽著警方們的對話，小蛙則急著問活埋是三小，到底怎麼判斷出來的，康晉翊一邊解釋，一邊拿出手機，用寫滿線索的白板跟他解釋。

「紫色筆是誰寫的？」童胤恒瞥了眼就覺得那紫羅蘭色的筆很刺眼，「我們有這種顏色的筆嗎？」

「不知道。」康晉翊還越過童胤恒看著呆站在角落的汪聿芃，「我以爲是汪聿芃回去時寫的。」

她遲緩了幾秒，「我沒有紫色的白板筆。」

「重點是妳根本沒時間寫！她回社辦拎了包包就要走。」童胤恒湊近瞧著，「有人進我們社辦就是了，亂畫……」

「我覺得不像亂畫耶，挺有章法的！」小蛙已經端詳了一陣，「哎唷，你發給我們啦！」

「喔對！」康晉翊將照片直接發到他們六人的群組中。

大家紛紛拿起手機端詳，小蛙說得不錯，這不是亂畫，而是像重點提醒一般，紫圈有粗細不同，有的有連接線、有的沒有，還有星星的數量……

「有兩個地方的警察說會去看看了！」

「太好了，有跟他們說疑似有活埋的線報嗎？」

「有，他們說立刻會過去，不過那兩個市鎮……總共才八座，所以清查很快！」

學生們興奮的祈禱著，簡子芸就在那八座之中。

默默望著手機的汪聿芃，心卻沒在手機上，她再度看向對談中的警察，突然上前。

「請問……指揮家不是住在C市嗎？」她直接從童胤恒跟康晉翊中間穿過，當他們隱形人似的直抵辦公桌邊。

「呃……他是，但那是後來才搬去的！」一個資深警員回應她，「他之前就住在這裡，是O市高中樂團的指揮老師！」

「所以我們才找很久，因為警察大哥們覺得他應該會跑回這裡！」小蛙補充說明，「但能去的地方都去了……」

「噓！」童胤恒望著汪聿芃，突然伸出食指示意小蛙噤聲。

注意到了嗎？汪聿芃的眼神已經離開地球了。

熟悉的地方，所以指揮家住在墓園裡，他熟悉O市，C市離這裡兩小時，他會跑回來嗎？

汪聿芃倏地回身，嚇得康晉翊跟小蛙一跳，看起來是瞪著他，但其實她的視線中沒有同學，而是直接看向他們身後那間候詢室，那天關著指揮家的候詢室！

『娃娃在月光下跳舞啊！』

『好多死人啊，哈哈哈，死人很多很多，她們唱歌、她們跳舞！』

『大家都在聽，全部的人！』

『我指揮時看見的啊！那是我的舞台，我的家！』

『來，準備～』

優雅流暢手勢，高昂起下巴自信滿滿的男人，手上彷彿拿著指揮棒，對著整個O市的人演奏一首德布西的月光。

「他之前住在哪裡？」汪聿芃下一秒，突然激動的再度正首，問著就近的警察！

「住……」他一時答不上來，資深警官即刻回頭要人快點查。

裡面跑出另一個警察，「不必找，我知道在哪裡，我以前那區的！但是他住的地方已經有住人了，他不可能回去！」

「哪裡？」汪聿芃此時此刻只會專注於她自己所想。

童胤恒怕外人誤會，趕緊上前補充，「她可能想到什麼了，能先單純的說在哪裡嗎？」

「不是啊，講在哪裡妳也不知道吧！」康晉翊不是要潑她冷水，是不理解問這問題的重點。

「哪裡？多高？有沒有頂樓？」汪聿芃一連串的問題，讓管區瞪大了眼睛。

他仔細想了一下，喉頭緊窒，「五層樓，是附近那一帶最高的公寓，自然有頂樓……妳怎麼知道？」

「我的天哪……他在頂樓嗎？妳意思是指揮家可能在他曾經住的頂樓，指揮他的曲子……」童胤恒也沒忘記那天指揮家瘋狂的言論！

熟悉的地方，演奏給全市鎮的人聽，他是最閃亮的指揮家，爲大家演奏一曲德布西的月光！

說時遲那時快，曲子進入了童胤恒的腦子裡！

「啊！」他按著汪聿芃的手加重了力道，痛苦的閉上眼睛。

這次音量如此之大，耳膜……或是腦膜都覺得快炸了！

「又來了！他在放音樂了嗎？」康晉翊緊張的閃過他們上前，「拜託，就去看一眼，她通常可以看到我們沒注意的地方，那天指揮家不是說他都在演奏嗎？如果是附近最高的地方……」

還有比五層樓更適合之處嗎？

「走！」該管區倒是沒有太多遲疑，「就看一看！」

「啊那個同學怎麼了嗎？」

好吵！真的好吵！童胤恒無法言語，只能掩著耳朵，試圖掩去那根本不可能蓋掉的、該死的音樂。

「我們負責他！汪聿芃！跟上！」康晉翊跟小蛙一人一邊，攙起了童胤恒就往外拖。

汪聿芃是很擔心他，但是這也不是第一次了，她掰開掐得她肩頭發疼的手，跟著警察跑出。

又要經過記者陣仗，這一次警警察大哥們團團包圍他們，幫他們開了道。男生跟汪聿芃分別上不同台車，上車後，童胤恒完全沒好轉的跡象，其他警察只是困惑。

「沒關係，六分鐘就好了。」康晉翊解釋著，總是得等曲子結束。

「那個……」小蛙始終眉頭不展，「那個地址我怎麼覺得有點熟悉？」

「你熟？」康晉翊才莫名其妙，「你住在這裡過喔？」

小蛙一臉不安，這地址……不是簡子芸她家那條巷子的單號嗎？

第十二章 活埋

依靠著警方，交涉比想像容易太多了，警方先一步上頂樓，住戶被這陣仗嚇到，還以爲自家頂樓躲了什麼通緝要犯。

小蛙完全不可思議，他認得這裡啊！

童胤恒臉色很難看的跟著上樓，他這次深刻體認感受到，腦子裡的聲音也能嚴重影響一個人的精神情緒！昨夜徹夜未眠，今天的音量大到快要崩潰。

汪聿芃回頭望了望他，他緩慢闔眼代表沒事，她點點頭，聽著樓上悄悄的開門聲。

爲了不打草驚蛇，警方動作很輕。

快點啊！快點！汪聿芃揪著一顆心，指揮家一定要在樓上，拜託！拜託！

「喂！」一個警察探出頭，焦急的勾手叫他們上去！

學生們即刻奔上，一到頂樓就可以聞到一股酸臭味，不過不是之前那腐臭味！斗篷跟被子堆在一旁的地上，有個男人就站在女兒牆邊的鐵筒上，手上拿著指揮棒。

大家都與指揮家看向同一個方向，這裡的確是附近最高的地方，所以可以看見夜空、看見遠處無數人家燈火，站在高處的指揮家一定看得更遠，所以他說他演奏給全市的人聽，一點都沒錯。

汪聿芃緩步的往前，警察連忙攔住她，可感覺沒什麼危險，那個指揮家看這麼多人來還開心的咧。

「安靜喔！要開始了。」他陶醉的笑笑。

要開始了？童胤恒忍不住打了個寒顫，該不會等等又要演奏月光了吧？他恨死這首曲子了！幾個學生緩步趨前，警方在頂樓搜尋一周，沒看到什麼危險的人事物。

靠近了頂樓的女兒牆，小蛙低咒聲幹，他指著這棟樓左前方的兩層樓透天厝，那就是簡子芸她家啊！

「不然你們以為我前幾天住哪兒？他們家讓我睡啊！」小蛙用氣音說著。

「簡子芸為什麼沒跟我說？」康晉翊才驚訝咧。

「她不知道啊！是我厚臉皮的跑去講說，我想幫忙找小堂妹！」小蛙兩手一攤，「我哪有錢住旅館啊，他們讓我睡一樓啊！」

「準備！」上方的指揮家微笑著揮動指揮棒，「德布西的，月光。」

啊——聲音再度穿透腦子，童胤恒瞬間就倒了下去。

「童子軍！」康晉翊連忙拉住他，但最後也是跟著一起蹲地！

童胤恒雙手緊掩住耳，好痛！這是最痛的一次，好吵！好吵！住手！

汪聿芃瞪圓雙眼，站在鐵桶前，看著遠處的點點燈光……其實不必太遠，就在正對面也是兩層樓的建築裡，二樓有扇半開的窗子，隱約的有音樂流洩而出。

窗戶邊有張圓桌，上面彷彿擺放了茶具組，一個女孩背對著窗戶坐著，她的正對面還坐了其他女孩。

接著，一抹身影從窗戶掠過。

男人抱著小小的娃娃，轉動著身子，愉快的隨著音樂跳舞，經過了那扇窗。

「我……我怎麼也聽得見？」在一片靜寂下，康晉翊也聽見了，「這是月光。」

他緩緩站起，指揮家已經沉浸在自己的世界裡，警官已經留意到不對勁了，康晉翊請他們別出聲，他躡手躡腳的往汪聿芃身邊去；小蛙低咒了無數聲幹，不停搖著童胤恒，他都無法反應。

「那是什麼……」康晉翊驚愕的看著對面窗子裡的女孩，那個面對著他們的女孩……戴著面具？

突然，背對著的黑髮女生用一種吃力的緩慢速度，一點一滴的轉過了頭。

那流暢度差到不行，簡直像是機器人一般，而她頭上那大朵的紅色蝴蝶結，汪聿芃好熟悉；康晉翊認眞覺得他們應該蹲下的，但是他竟也動不了，汪聿芃甚至還往前走了一步，雙手都放在女兒牆頭上了。

她想看得更清楚，那個回頭的女孩……

「是那天來我房間的女生！」汪聿芃驚訝的說著，「是那個娃娃！」

她看不清楚五官，但不是人偶製造師的大膽用色，頭髮、髮飾跟衣服，就是那天進她房間的女孩！

女孩轉了過來，明明不具眞人的眼珠，汪聿芃卻覺得與她四目相對。

「那是什麼？人嗎？」警察們開始調動，一部分人已經輕手輕腳的下樓，準備到對面去。

「戴著面具啊！她看見我們了。」警官上前，朝女孩比了個噓，再看向汪聿芃，「那是什麼？」

「在月光下跳舞的娃娃們。」汪聿芃突然舉起手，指向了回頭的娃娃，扯開嗓門，「我找到妳了！」

就在同一時間，女孩的喉間居然發出了可怕刺耳的尖銳音：

『啊——』

長嘯不止，一個人影倏地出現在窗邊，詫異的看向了對面。

「就是他！」童胤恒突然攀著女兒牆起身大喊，「那些娃娃都是屍體！」

「進去！快點進去！」警方用無線電聯繫著，「疑犯在三樓！」

『啊啊啊——』

娃娃的叫聲完全沒有停，同時其他聲音跟著發出，簡直此起彼落！

『救我！』

『救救我！』

『放我出去！』

娃娃的尖叫聲在警方攻堅後都沒有停止，他們奔上樓看見一整間屋子的娃娃簡直作嘔，圓桌上都是精緻下午茶具，坐在窗邊的娃娃曾幾何時已經變成轉回來端正坐著，並沒有剛剛回頭的姿勢，因爲是證物，警方不能動她們，但是說也奇怪，等大批警方湧入後，所有娃娃的叫聲都停止。

與其說那是叫聲，不如說像是擴音器出問題時的尖銳音，就是那種聞者會雞皮疙瘩竄滿身的可怕分貝……很清楚是從麥克風的聲音傳出來的，娃娃身上似乎有擴音裝置。

「有，收藏家會把麥克風的裝置，放進保存良好的屍體喉嚨裡，或是歌曲，這樣可以營造出她們在說話或是唱歌的情景。」康晉翊邊被帶進屋裡邊解釋著，「如果現在就可以做得更好，還可以藍芽配對選歌。」

「在屍體喉嚨裡放麥克風？」黃警官已趕回，聽了都覺得頭痛，「這是怎麼樣的變態？」

「找到簡子芸了嗎？」汪聿芃只急著想問這個。

「沒有，樓上目前都是娃娃，但我們還不能動，必須先蒐證。」黃警官凝重的解釋，「唯一的屍體就只有一具……」

欲言又止，他看著學生們，剛跟著趕回來的蔡志友只覺得一陣暈眩，「幹！不要跟我說是……」

黃警官沉重的閉上雙眼，「包包跟失蹤時的衣服都……」

「不──不──」小蛙完全不能接受，「不可能！」

「當然，我們必須驗屍後才能……」

「于欣！我要看她！」蔡志友也意外的激動，「于欣！」

有別於他們的激動，汪聿芃、童胤恒或是康晉翊都已有心理準備，或許是因為白板上那個✕，道盡了最壞的結局。

警方進入後，就完全找不到「收藏家」的人影，他們分幾路去追，但是學生們都知道怎麼可能追得到！

那可是都市傳說啊！

他們一起上樓，蔡志友跟小蛙痛哭失聲，童胤恒揉著太陽穴看著這屋內的一切，詭異的味道飄散在空中，玄關旁的置物櫃裡，擺放了所有鏟子；警方正在找地下室或是地板下有什麼夾層，看箇子芸會不會被關在這裡。

蹲下身子，童胤恒用手電筒看著鏟子上的刻痕，不必翻譯軟體，他也知道上面刻了什麼——「Анатолий」。

「簡子芸呢？」康晉翊難受的走過來，「她沒有在這裡啊！」蔡志友依然哽咽，「我看了你傳的白板了，這裡不像可以活埋的地方啊！」

「他就住在簡子芸隔壁耶！」

眞是應了都市傳說，隔壁的老好先生，居然有個娃娃後宮，還全是用小孩的屍體製成的，誰能想到？

但，這也是「收藏家」最迷人的地方不是嗎？

汪聿芃頹然的掠過童胤恒身邊，走出門口，簡子芸的父母就在隔壁看著這不可思議的一切，他們剛剛才知道自己的女兒失蹤了，警方牽狗試著在外面的花圃裡搜尋，鏟子往下開挖，這裡幾乎是唯一可能埋屍的地方。

「不是。」汪聿芃搖了搖頭，「收藏家是挖墳的。」

這花圃怎麼會是墳墓？連塊墓碑都沒有。

警方同時收到回報，剛剛答應清查的小鎮回覆，他們沒有在被盜的墓穴裡發現有人被活埋，一百四十七減八，還有一百三十九座……來不及，來不及的！

汪聿芃低垂著頭，學長他們說過，凡事都有跡可循，就算都市傳說再無章法，但他是「收藏家」這件事不會錯！

對啊！「收藏家」……汪聿芃突然像電到似的，飛快的翻找手機出來——那個白板！

裡面的童胤恒盯著生鏽的鐵鏟，突然間也想到了什麼。

「白板！」他倏地回頭，看著在跟警方討論的康晉翊他們，「白板！」

男生們愣住了，「什麼？」

「收藏家的本質是什麼！他要的是什麼！」童胤恒二話不說，抓過鏟子就衝出去，「我知道簡子芸在哪裡了！」

汪聿芃回身，欣喜若狂的接過他手裡的鏟子，瘋也似的直接奔了出去！

「收藏家」的本質是什麼？

挖出墳裡的屍體，做成自己的娃娃、家人，現行代表的收藏家先生，Anatoly Moskvin便是幼時因爲朋友意外去世，在葬禮上他親吻朋友道別，卻忘不了那樣的感覺，從此對屍體展開迷戀——新鮮的屍體。

所以他總是會去挖出死亡或下葬不久的屍體，回來製作成自己的家人，妝點她們，還會一起喝下午茶、一起慶生，再在她們喉間裝喇叭，好讓她們能唱歌說話。

白板上劃星號的有「**收藏家**」、「**挖屍**」、「**新鮮**」，所以呢？

不必想那麼多，都市傳說之所以會是都市傳說，就在於他們有其個人獨特魅力，「收藏家」帶走于欣做實驗，就已經代表了他想追求更新鮮的屍體，挑選自己喜歡的女孩，活埋她，在她剛死之際立刻挖屍，運用現在的科技防腐，製作出最完美的娃娃。

都已經想客製化到這個地步了，他怎麼會挖一具三年前的屍體？

夜伏墓園那天晚上，「收藏家」或許盯著他們、或許他在看的是蹲伏在更遠的簡子芸，畢竟打從他成爲廖軍哲，以「都市傳說社」指導老師出現在社團前，就是打算要簡子芸的前奏了！

他們就住在隔壁啊！

那晚簡子芸他們追的是精神不正常的指揮家，而汪聿芃與童胤恒追逐的是「收藏家」，因爲童胤恒聽得見屬於都市傳說的聲音，而汪聿芃看得見都市傳說。

黑暗中是童胤恒先聽見，汪聿芃跟著他回頭時，看見了他。

最後鐵鏟扔來，是力量夠大且夠敏銳的童胤恒接下，但是盜屍還是發生了，只是那晚盜的是一具三年前的屍體，也不是甚小的孩子，死者約十六歲左右。

那時的不合常理並沒有放在心上，因爲當時還沒有確認那就是都市傳說，也有可能是個變態，還有……那個指揮家。

「妳記得在哪裡嗎？」童胤恒邊跑邊問著，要追上汪聿芃眞的有困難。

「記得！」

簡子芸家距九號墓園步行可達，跑步就更短了，畢竟夜伏過，夜晚的路不至於不認得，還沒到墓園前，他們立刻左轉，因爲那天被盜走的墓在左邊那區的後方，每個人都該記憶深刻。

「他們左轉了！」蔡志友留意到前方猛揮手的童胤恒，豎起大姆指示意收到。

「他們要去墓園？」康晉翊一怔，「簡子芸被埋在這裡嗎？這也太近了吧？」

「會這麼蠢嗎？埋在一個這麼近又同一個地方？」小蛙沒參加夜伏，只覺得自己手握鏟子要在晚上去墓園超屌。

「他們一定有推論……白板，童子軍剛跟我說了白板！」康晉翊心亂如麻，「我沒辦法靜心思考！」

白板有什麼線索讓他們知道嗎？問題是前一刻童子軍瞪著是這些鐵鏟啊，跟他們那天晚上接到的鐵鏟一模一樣，上頭有三角型握把，鐵鏟部分又舊又鏽，甚至刻了現行代表「收藏家」的名字：Анатолий。

「跑快點！」左轉後，遠遠的聽見童胤恒在大喊。

小蛙都快喘不過氣了，「你以爲我們每個都運動選手喔！」

「等等，他們爲什麼從這裡？」蔡志友邊跑邊留意到了，他們沒有跑到公車站那兒，那兒離簡子芸的小堂妹最近。

不是，為什麼要找簡子芸的小堂妹的空墓穴？應該是找……

「我哪知道！只能跟著支援，原因等等再想。」康晉翊體能算他們之中最好的了，「進去了！跟好！」

「跟……給我機車……」小蛙哀號著，機車族哪來的體力啊！

「這裡是我們埋伏墓園那晚被盜走屍體的那區吧！」蔡志友很快的辨認出，「因為很偏馬路，我記得很清楚！」

咦？康晉翊他們進入墓園小路，紛紛打開了手電筒，才能看見前方奔跑的身影……是啊，這一區就是那晚的聲東擊西，大家在找斗篷男或是「收藏家」，但最後還是有座墓被盜了。

一座三年以上、十幾歲女孩的墳……

「我知道了！我知道了！」康晉翊突然興奮大叫，「那座墓穴是準備用來活埋用的！收藏家才不會要爛這麼久的屍體咧！」

他要一個可以活埋女孩的墓穴，一切都是為了實驗，到學校去學習新的防腐技術，更加接近簡子芸，拿于欣做實驗品，完整的放進他準備的活埋墓穴裡！

汪聿芃放慢了腳步，不安的環顧四周，手電筒四處照探，這是怎麼回事？

「封鎖線呢？」她不解的看著附近，「我記得應該在這裡、還是再過去？」

童胤恒也氣喘吁吁的緩步停下，「誰曉得啊，我連當初那個名字都沒記下……」

怎麼會不見？被盜墓的附近都有圍上線的，難道是爲了不讓別人發現撤掉了嗎？童胤恒趕緊到附近查看，完全沒有見到任何封鎖線的痕跡，他都走到分區處的小樹林了，完全沒有。

「怎麼了？這裡嗎？」康晉翊緊張的大喊，「簡子芸！簡子芸！」

咦？女孩耳朵微顫了一下。

「那天那個墳墓不是被封鎖線圍起來了嗎？我找不到封鎖線！」汪聿芃跑著，「那個叫什麼名字，叫……叫……」

「名字？誰會記那個啊！」康晉翊照耀著附近，開始一座座找，「喂，這個公墓規格是固定的，每一座都長得一樣啊！」

「簡子芸在這裡嗎？」小蛙還搞不清楚，「簡子芸！簡子芸！妳在哪裡？聽得到嗎？」

「你這樣叫她能怎樣？她如果被活埋在棺材裡，敲爛了手你也聽不見吧！」蔡志友立刻開始搜尋，「封鎖線不見了我們可以看土！至少會有挖掘的痕跡對吧！」

「這麼暗是看三小啦！」小蛙低聲說著幹，「簡子芸！我們來了！簡子芸——」

啊……女孩緩緩的睜開眼睛，又是幻覺嗎？

她已經好幾次睜開眼睛，以爲自己在醫院、或是回到學校正常生活，還把被活埋的經驗告訴大家，以及「收藏家」的事鉅細靡遺的寫上去，不管黑粉的攻擊，于欣更是以一擋百。

缺氧總是會產生幻覺，于欣依然活蹦亂跳，戰無不克，每一次看著于欣，她才意識到又是幻覺。

「簡子芸！」小蛙粗嘎帶著點哽咽的聲音，好清楚啊。

又是一次幻覺嗎？數不清這是第幾次的救援幻覺了。

童胤恒來回走了好幾遍，完全沒看見封鎖線的痕跡，「收藏家」做得非常徹底，甚至把基石移回去，沒有任何逃脫的空間！

就算今天簡子芸能離開棺木，上面沉重的泥土也會壓得她無法開棺，爬出來也會是個問題，因爲「收藏家」把墓穴都蓋回去了！

「可惡！」他忍不住大吼著，「混帳！挖屍就挖屍，客製化什麼鬼啊！」

哎呀，這是童子軍的聲音，好近喔！

「我找不到！我找不到！」汪聿芃尖叫著朝他逼近，「什麼痕跡都沒有！」

「問警察！」蔡志友趕緊撥著手機，「他們至少知道編號吧！」

汪聿芃？好大聲喔，人之將死，總會看到想看的吧……爸爸媽媽也來了嗎？

她吃力的舉起手，頭昏腦脹的，在剛剛睡著前，她原本以爲自己再也不會醒來了。

這樣的死法也不錯，恐懼是在前半段，接著因昏迷而睡著，然後漸漸死去。

她自嘲的笑著，喜歡都市傳說的她，竟然會變成都市傳說的收集品啊……呵呵，夏天學長，如果可以，我比較想像你那樣，成爲一個都市傳說啊！

叩——叩——刀子往棺材蓋中敲去。

嗯？童胤恒突然轉了半身，他聽見什麼!?

滴滴滴——答答答——滴滴滴——

「喂？我是……」蔡志友在三公尺外開口。

「噓！不要說話！」童胤恒驀地大喝，「所有人都不要講話！」

咦？才接通的蔡志友錯愕非常，電話那邊傳來喂喂的聲響，他雖不解，但童子軍口吻很少這麼嚴厲，發抖的拇指默默切掉電話。

康晉翊連動都不敢動，就怕踏一步也有聲音，小蛙不解的垂下手，手電筒照草地不敢照人，汪聿芃與童胤恒面對面站著，他正側耳，想聽出些什麼。

叩、叩叩……唉，簡子芸無力的垂下手，是三短三長三短吧？她記得童子軍教過她ＳＯＳ的求救訊號是這樣敲的，那好累喔，還要算頻率眞辛苦……

「怎麼沒有了？」童胤恒蹲下身子，「剛剛我聽見什麼的！」

汪聿芃跟著他緩緩蹲下，「哪裡？」童胤恒指了指自己的右手邊，也正是汪聿芃的左邊。

她舉起鏟子，往身邊的墓碑移去，「對不起喔！」

鏘！她直接敲響基石。

喝！簡子芸再度睜開眼睛，嚇死人了！這什麼聲音？她再怎麼看也是漆黑一片，上頭有人在嗎？

叩叩叩，不管什麼摩斯密碼了，簡子芸咬著牙用最後的氣力敲著，誰？有人嗎？拜託不要再是幻覺！不要！

童胤恒瞬間伏地，聲音很微弱，彷彿從地底——他倏地瞪大雙眼，再抬起頭看著眼前的墓碑。

「生卒年……十六歲！十六歲！」童胤恒扯開嗓門大吼，「這裡！就是這裡！簡子芸！我們來了！妳撐著！」

童子軍的聲音，簡子芸還是持續敲著，天曉得這次的幻覺是什麼？

蔡志友即刻拿著鏟子衝過去，社團裡他最高壯，與童胤恒合力推動基石，稍微使勁就能移動，果然沒有封死，只是放回去而已！小蛙跟康晉翊來掄起鏟子就挖。

「汪聿芃妳不要幫忙，打燈！」康晉翊喊著，需要一個人亮著燈啊！

她也想挖啊！汪聿芃知道自己是唯一女生，挖得可能也不快，用力將鏟子立於土裡後，高高的舉起手電筒。

「土很鬆！」童胤恒留意到挖土的感覺，「他不是十足十塡進去的，應該很快！」

四個男生四把鏟子，很快的把裡頭土挖出來，這是之前就被「收藏家」盜過的墓穴，連寬度都已經設計好，棺材不會離洞口太遠！

鏘！小蛙使勁斜切，明顯的敲到了一個東西！

棺木裡的聲音大到有迴音，簡子芸聽見了，但她仍舊迷迷糊糊，畢竟她已經做過好幾次有人也這樣挖出去的美夢。

「快點！」一聽到聲音，男生便拼命的猛挖！

汪聿芃高舉著手機，心急如焚的看著逐漸露出希望的墓穴，這樣的等待讓她心焦，而且有點似曾相識。

螳螂捕蟬，黃雀在後。

她不知怎麼回事，就是想回頭看一眼，就看一眼，她不喜歡上一次那種被人盯著不知道多久，卻不知道的感——

『不許動我的娃娃！』

「啊！」挖到一半的童胤恒悶叫一聲，鏟子即刻離地，雙手再度緊掩起耳朵！

汪聿芃回首，看著那就站在他們後方大概二十公尺處的身影，昏暗中瞧不清臉龐，但她也沒很想看清楚。

「童子軍，你又怎麼了？」小蛙立刻扶起他，因爲他整個人都快掉進墓穴了！

「收藏家。」康晉翊警覺性高的立即直起身子，自然很快的注意到一旁汪聿芃的異狀。

她整個頭都轉過去了，專注的看著……不遠處那個站著的高大男人。

「……是老師嗎？」蔡志友也已經停止了鏟土的動作，瞇起眼望著那個身影。

童胤恒咬牙抵抗腦子裡的聲音，但那首月光依然放大的在他腦子裡迴盪著，完全關不掉。

『那是我的娃娃！』腦海裡的聲音說著，『那些都是我的家人！重複我的話給他們聽!!』

給誰聽啦！他要是能開口就不會每次都要汪聿芃推著走了！「收藏家」只知道他聽得見，但是不知道他聽到時是無法動彈難以言語的狀態嗎？

「這是我同學，你挖屍就好好挖屍，爲什麼要殺我同學？」汪聿芃放下手機，拔起直立的鏟子，「你根本沒有什麼家人，可悲的傢伙，那些屍體的主人沒有一個人願意跟你在一起！」

現在流行激怒都市傳說嗎？蔡志友覺得氣氛超不妙的，但是……他深吸一口氣，不顧一切的再鏟一土！康晉翊驚覺到蔡志友的動作，是啊，他們發什麼呆！簡子芸可沒有時間啊！

「小蛙！」康晉翊喊著，「把童子軍拖到旁邊去，快來幫忙！」

「我在製作娃娃！」收藏家氣急敗壞，大步朝他們走來，「娃娃還沒做好，誰都不許把她拿出來！」

汪聿芃緊握著鏟子，竟也迎面上前，小蛙見狀不妙，抓起鏟子直接繞出去，外星女想做什麼啊？

沒走兩步，汪聿芃竟跑了起來，擎著那柄鏟子直直朝收藏家衝過去——她記得收藏家跑得比她快、力量也比她大，那天在這裡追逐時她始終追不到他！

但是，那天是長跑！他一開始距離他們就超過五十公尺遠！

今天不一樣，他正面朝她衝來，不過二十公尺，她的短跑爆發力正是這種距離最能發揮！

不管他是什麼，都不能再有第二個于欣！

不需要燈光，汪聿芃看得一清二楚，這個「收藏家」沒有皮膚、沒有頭髮、就像一具木乃伊一樣的令、人、討、厭！

「汪聿芃！」小蛙緊張的大喊，她跑這麼快是要死啊！

「挖到了！小蛙過來幫忙！」康晉翊扯開嗓門，「快點把簡子芸拉出來就沒事了！」

「可是她……」

「先來幫忙！快可以開棺了！」

童胤恒恨自己的無力，他什麼都不能動，那聲音快要搞到他發瘋了！

鏘——令人膽寒的金屬敲擊音傳來，汪聿芃拿著手上鏟子直接朝收藏家劈過去，但他自然的反擊，兩柄鏟子互敲後，力道屈居弱勢的汪聿芃立刻就被打倒了！

鏟子震離自己手心，她整個人向後，四腳朝天的摔上地，收藏家氣忿的雙眼瞪著她，手裡依然握著自己那把鏟子。

瞪屁啊，反正，她也沒想過自己會贏！

收藏家邁開步伐就要去阻止齊力要拉出棺木的同學們，汪聿芃雙手一環，竟直接環住了他的那雙腿！

咦？收藏家措手不及，一秒仆倒在地！

汪聿芃立刻爬到他身上，從口袋裡拿出一直護在口袋的玻璃瓶，立刻打開直接往他頭上倒！

「你這麼喜歡防腐還不先防自己！喜歡福馬林都給你！都給你！」瓶裡散發刺鼻氣味，汪聿芃將福馬林倒到收藏家的身上，那是他最熟悉的味道啊！

翻身滾下，汪聿芃連著往旁邊多滾了幾圈，警戒的看著胡亂拍著身體的收藏家，他倏而抬頭，怒不可遏。

這同時，童胤恒感到聲音消失，他抱頭的手指仍在顫抖。

眞是令人沒來由的火大。

「打火機。」他冷不防到正挖土的小蛙身後，直接往他右邊口袋伸手，那是小蛙慣放打火機的地方。

棺木已經露臉，在土壤不多、壓力不這麼沉重的情況下，應該已經可以打開棺木了吧！

「這種東西傷不了我的。」收藏家站了起來，意識到他的棺木，「住手！你們這些醜陋的大男孩！」

他氣急敗壞的跑上前，康晉翊他們正合力把棺木的蓋子打開，沒有人留意到黑暗中跑來的人影。

蹲伏在地上的童胤恒看著與廖軍哲老師一樣身高的男人奔至，手指啪的一聲，點燃了打火機。

咦咦！汪聿芃見黑暗中的星星之火，飛快的爬去撿起自己掉落的鏟子，直接朝收藏家身後衝去！收藏家原本高舉的鏟子要先從蔡志友身後敲下，但那撞上他身子的打火機，瞬間就將他燃燒成了火球。

「什麼？」他低首看著瞬間竄起的火舌，驚恐的後退，「這是什麼！？啊啊！」

「福馬林易燃啊，老師。」童胤恒皺著眉，注意到收藏家的驚駭亂跳，卻似乎朝著墓穴前進。

不行！他拿過鏟子，橫在收藏家面前阻止他往前！

「啊啊……我的皮膚！我的皮膚——」收藏家急著要把火拍滅，無奈他已全身成了火球。

「你也沒什麼皮膚好嗎！」

汪聿芃及時趕至，與童胤恒一人一邊，利用鏟子把收藏家向後推去，遠離墓穴，同時身後傳來開棺的聲音，還有康晉翊激動的叫聲。

「簡子芸！」

些許土灰掉進了棺材裡，簡子芸臉上仍舊罩著薄紗，她迷迷糊糊的看著刺眼的亮光，聽見熟悉的聲音，還有……

「我來！簡子芸，我要拉妳出來了喔！」蔡志友的聲音急切又帶著感動的嗚咽。

童胤恒跟汪聿芃同時綻開笑容，但是他們不敢鬆懈，就怕一閃神一回頭，這個都市傳說就會從他們眼前溜走。

「啊啊啊……」收藏家的皮膚急速焦黑，那原本木乃伊的模樣就不是很好看了，烤焦的木乃伊就更……

簡子芸大口的深呼吸，瘋狂的想摘掉臉上的面紗，小蛙動用了隨身攜帶的折疊刀割開，康晉翊快速但小心的取下纏繞的面紗。

「呀——」簡子芸歇斯底里的大叫著，夾帶著痛苦生氣與對生命的興奮！

「呀——呀——」

「我的娃娃！」收藏家看著勉強站起的簡子芸，她轉過頭，看見的是逐漸跪地的他，手裡的蛋糕刀握得更緊了。「我好不容易才找到的！」

餘火還在收藏家身上燒，但看似已經站不起來了，不過童胤恒跟汪聿芃完全不敢鬆懈，鐽子依然準備著……可是接下來要幹嘛？總不會要斬斷他的脖子吧？

「唷，我不敢。」汪聿芃縮起頸子。

「不敢什麼？」沒頭沒腦的，誰聽得懂啊！

遠方傳來騷動，手電筒跟著亂晃，哨音響起——「看到了！那邊有燈光！」

「啊……警察！」蔡志友謝天謝地的喊著，「有幫手了……」

然後，他看向蜷縮在地上的人形，就這樣？

童胤恒跟汪聿芃紛紛回頭，看著亂揮的燈光及喇叭聲，那位黃警官派人過來查看他們了！

『啊啊啊——』原本以為變成焦屍的收藏家瞬而跳起，直接撞開了最靠近的童胤恒！

糟糕！童胤恒正回頭看警察，整個人立刻被撞飛！

汪聿芃倒抽一口氣，她還呆站在原地，童胤恒已經飛到兩公尺遠的地方去了！

「童胤恒！」

一切發生得都太快，被撞開的童胤恒，一抹黑影倏地來到眼前，小蛙什麼都沒看見，一拳直接被打倒在地，接著蔡志友從康晉翊身邊往後飛，康晉翊這才看見佝僂的木乃伊就在眼前，伸手朝向他旁邊的——

鏘！一鏟子狠狠的從收藏家頭上敲下！

什麼……康晉翊被某種不知名後座力推向後踉蹌，還差點跌倒，好不容易穩住重心，又聽見下一道駭人的重擊聲響！

咚！這一鏟是從收藏家後腦杓敲下去的，直接把他往墓穴裡那敞開的棺材裡打進去！

被燒成一團的收藏家不再高大，往下一摔恰巧進入那棺材裡，大小適中。

簡子芸吃力的以鏟子當拐杖撐著身子，伸手要把棺木給蓋上！

「簡子芸！」汪聿芃跑了回來，「哇，妳……」

「幫我蓋起來，我使不上力了！」說著，她直接癱坐下來，「快點！」

康晉翊這才回神的也趕緊上前，結果收藏家撐著身子就想起來，他嚇得向後退，結果汪聿芃一鏟子又往收藏家臉上刺進去！

「喂！妳這樣打……」康晉翊都聽見骨頭碎裂的聲音了。

「都市傳說打不死的。」癱坐在地上的簡子芸咬著牙說，「你喜歡活埋，就自己埋埋看好了！」

汪聿芃用腳把棺木蓋給踢下，對面的康晉翊硬著頭皮伸手輔助，將蓋子緊緊壓住，童胤恒此時按著挫傷的手臂走回，二話不說一鏟土就直接往棺木上壓去。

「喂，快幫忙！」康晉翊吆喝著，汪聿芃也重新拾起鏟子，飛快的補土往裡面掃。

「幹！我一定腦震盪了。」

小蛙甩著頭，連路都走不穩，蔡志友撫著腹部回來，臉色也超難看，沒幾步就跪地，簡子芸即使虛弱的坐在地上，也有氣無力的把跟前的土朝裡頭堆。

警察奔進來了，由遠而近，超大的手電筒令人無法直視，簡子芸跟著一軟，趴上了地。

「找到了嗎？」黃警官不解的上前，「你們挖……這座不是之前被盜屍的那個嗎？」

眞不愧是在地的，一眼就知道。

「找到她了，她很虛弱！」康晉翊指向趴在尾端、具意識但無法移動的簡子芸，「然後我們需要人手把這具棺材埋回去！」

「簡子芸？簡同學嗎？」黃警官十分詫異，「妳……喂，救護車！這邊！」

警察趕緊來到簡子芸身邊，探視並詢問狀況，蔡志友跟小蛙最後也站不穩的坐地，立刻成為傷兵。

黃警官又驚喜又錯愕，看著默默拼命鏟土的汪聿芃跟童胤恒，再狐疑的看著其下已被淹沒的棺木。

「這是……」他狐疑不已，「簡子芸被活埋在裡面嗎？」

康晉翊點點頭，又一鏟土倒入，「剛剛才拉出來的。」

「那現在這裡面是？」敏銳的警察直覺，就覺得這些學生現在的動作不對勁。

「放個一星期或兩星期再挖出來吧。」童胤恒認眞的看著黃警官，「建議越久越好。」

黃警官看著勤奮的三個大學生，移動的腳踩上了藍色的紗巾布，他彎身拾撿，看見的是熟悉的物品，這跟纏在屍體娃娃上的好像啊……

「裡面該不會是都市──」

「噓！」三個學生異口同聲！

黃警官看著他們，不自覺的覺得背脊發涼，冷汗一秒內濕了制服，轉身招手吆喝，「那個，來幾個人把這個墓穴先填平！」

「是……怎麼回事啊？」

「不要問。」黃警官這麼一句，讓撿鏟子的警察一愣。

沒幾分鐘後，墓園附近燈火通明，擔架將虛軟的簡子芸抬上，遠遠的可以聽見她父母激動的叫喊聲，小蛙意識不明、蔡志友一直喊肚子痛，所以也跟著上了救護車。

童胤恒說只是挫傷，他想親自把基石推回去後，再去醫院。

人多手快，土壤重新的蓋滿墓穴，童胤恒、汪聿芃、康晉翊三個人合力把基石推了回去，雙手合十，對著墓碑還誠心禱告，禮貌一鞠躬。

你這都市傳說，最好長眠在地底吧！等著下一個「收藏家」來掘你的屍！

「缺氧太久，患者非常虛弱，現在要過去了。」

無線電傳來雜音，汪聿芃默默的看了童胤恒一眼。

康晉翊也不由得蹙眉，看著遠方高處閃爍的警燈，若有所思。

超虛弱的，那個全社團最理智溫婉的簡子芸剛剛兩鏟把都市傳說打進棺材裡耶，到底哪個缺氧這麼久的人可以有這種爆發力啊？

「收藏家親自挑選的女孩。」童胤恒哎了聲。

「希望他滿意囉！」汪聿芃聳了肩，也忍不住笑了起來。

第十三章 最後的報導

警方在一個月後，才重新挖墳開棺，「都市傳說社」的同學全體都到，每個人手上都拿著鏟子，隨時準備應戰；不過一如所料，棺木打開來，裡面空無一物。

那是都市傳說啊！怎麼可能會眞的被關在裡頭！

對方說不定現在已經不知道在哪個城市落腳，和藹可親的成爲了哪個人的鄰居。

棺木蓋上有著怵目驚心的抓痕，甚至還有發黑的血肉，在化驗結果出來前警方不能說，但大家都知道，那恐怕是于欣的。

簡子芸最能感同身受，被活埋在棺材裡的恐懼，足以使一個人徹底崩潰。

至於她家隔壁的「老爺爺」住在那邊已經五年了，是個獨居老人，平時的確寡言不太與人來往，但照面時還是會微笑；他有著整條巷子最好的花園，細心打理，每個季節都有綻放的花朵，那自三樓流洩而下的大叢九重葛更是夏日焦點。

只是在那平靜的屋子裡，誰想得到有十七具屍體娃娃——

警方全數清查，也一一的將屍體還給家屬，最新的新人正是簡子芸的小堂妹，她的防腐做得也不徹底，內臟已經腐爛，但外表仍然被妝點得相當可愛。

浴缸裡的于欣體內被注射了大量福馬林，也確實曾經過浸泡，但「收藏家」似乎沒什麼耐性，一來可能是因爲「都市傳說社」的學生們過度積極調查，另一方面警方的動員使O市風聲鶴唳，讓他不能自由的實驗。

于欣的家人自然無法接受這個噩耗，警方也不知道該怎麼解釋關於「收藏家」的事情，許多人都將廖軍哲老師歸爲變態殺手，但事實上廖軍哲早就在一個月前往生了。

懸案兼玄案，難以解釋的事實擺在眼前，還是有許多人選擇逃避。

然後，一如「收藏家」當日所言，現在是Anatoly，或許百年後他們就叫「廖軍哲」。

無辜的老師被殺害、剝下臉皮，然後還擔下了「收藏家」的罪名，儘管警方一再的澄清，但玄異的事難以說服人們。

「說起來這個收藏家眞的很怪，他住在妳家隔壁五年，卻突然想要把妳納爲家人？」康晉翊對這點百思不解，「他是突然被雷打到還是怎樣？然後還大費周章的跑到學校來任教？」

「應該是以前的簡子芸不入他的眼吧！他不是讚賞簡子芸又溫婉又聰明，他的家族需要一個大姐姐！」童胤恒回想起這兩個月來的事，就覺得毛骨悚然，「搞不好抽籤也是他作弊，來當我們的指導老師，第一次見面時還裝模作樣，不認得簡子芸咧！」

「靠！他還說他不是自願來這裡的！演技眞的很讚！」小蛙也記憶猶新，

「還有那個，簡子芸問他相不相信都市傳說時，記得他說什麼嗎？」

坐在對面的汪聿芃聳肩，「他那時頓了一下。」

「什麼？」隔壁的童胤恒不解。

「他有愣一下才回答喔！可能心裡在想：我就是都市傳說啊！」汪聿芃嫌惡的皺眉，「很討厭的人！」

蔡志友與小蛙、康晉翊及簡子芸坐在前後，對面則坐著汪聿芃及童胤恒，其餘社員或站或坐的散佈，車廂裡眾多學生，幾乎都是「都市傳說社」的社員，不管是主要幹部或是二社成員，大家都準備前往于欣的靈堂弔唁。

那個以一擋百的校刊社女孩，在失蹤第八天後確認死亡，即便如此，一如廖軍哲老師之前在社團發表的文章，依然有人嘲笑著她活該死好，辱罵言語不斷，極欲鞭屍而後快，家屬無法忍受，決意提告，警方便開始調查IP，要揪出這些只敢躲在電腦後面大放厥詞的人。

「喂，學校說要表揚的事，你們兩個真的拒絕？」康晉翊看著訊息，校方又在催了。

坐在前面的兩個男生，不約而同的用力搖頭，完全沒有興趣！

「這種事有什麼好表揚的啦！」蔡志友回頭咕噥，「不過記什麼功或是獎金我是不會推卻。」

「對啊，上台或拍照這種事就免了！拜託，上次記者把我們拍得好像犯人喔！」小蛙也忍不住抱怨。

他們某次從O市警局離開時，在警方重重保護下，低頭遮臉，完全看不出是破獲變態殺童案的學生，反而像變態殺人犯本尊好嗎！

人偶製造師的案子的確是他們破的，小蛙擅闖民宅這件事自然是不了了之，凶手也沒空控告他，他身上揹負十七條人命，根本自顧不暇。

在W市前是T市，這位人偶製造師誘拐了許多兒童，加以凌虐，兒童餐也是手段，讓小孩飽受飢餓與虐待後，再以兒童餐爲誘餌，讓他們爲了食物願意做任何事，享受那種掌握人生命的變態喜悅。

孩子最後都是被殺掉的，他會剝下他們的皮膚做成頸鍊、皮環或是腰帶，再將喜歡的孩子做成娃娃，不喜歡的便棄之如敝屣，隨意扔棄。

他自己做的屍體娃娃們都屬於戰利品，簡子芸看見的綠色雙眼其實是因爲他使用了螢光顏料，因爲在黑暗中他會感受到被注視，他說一點都不害怕，因爲他在享受「被崇拜」。

至於爲什麼會有這種奇特的思維模式……已經沒人想探討了。

活下來的男孩牙齒全部被硬生生拔光，體無完膚處處是傷，無法言語，對人類聲音感到害怕，完全封閉自我，連父母親都難以進入心防，一旦問他發生的事情，便歇斯底里到崩潰為止，心理受到太大的創傷，未來有條漫長的復健之路。

這種事，小蛙他們不想要被大肆表揚，因為根本像在親屬傷口上灑鹽吧。

簡子芸膝上擺著筆電，她正在檢視即將發表的文章，一字一句都要斟酌，不想再給誰攻擊「都市傳說社」的藉口。

黑粉低調收斂許多，因為他們很難解釋關於廖軍哲老師的一切，這一次的「收藏家」案件，除了帶出的盜屍案外，更受重視的孩童誘拐虐殺案，所以A大「都市傳說社」成了功臣，好評直線上升，校方也現實的立刻一改之前的干預打壓，甚至連「尊重社團自由發展」這種話都說得出來了。

對簡子芸而言，不改初衷，社團依然運作，「都市傳說社」從未改變過；他們不曾煽動、也不曾怪力亂神，陳述的永遠都是遭遇的事實。

「我不打算把收藏家發的文刪掉。」她輕聲開口，「我覺得他寫的那段很有道理。」

康晉翊微擰眉，「知道他是都市傳說後，就會覺得那段文字非常微妙！或許是他演技的一部分，但也或許是他的心聲。」

「寧可信其有是尊重的起點吧！」童胤恒也忘不了他的言論，「我也覺得那段寫得很好。」

「搞不好他在笑呢！」汪聿芃托著腮，手肘靠在一旁的銀桿上，「想著這群愚蠢的人們，都市傳說就活生生在你們面前，膽敢質疑都市傳說？」

「妳想真多！」童胤恒沒好氣的望著她。

「我說真的啊！這種人一開始就僞裝，看著黑粉跟我們之間的戰爭，你說身爲都市傳說的他，心裡是怎麼想的？」

搞不好狂笑咧！

「不管他的立場跟想法，單就這篇發文來說，我還是覺得他是個很稱職的指導老師。」簡子芸真沒想到自己會說出這種話。

「妳決定，我沒意見。」康晉翊輕笑，如果受傷最深刻的人都無所謂的話，他們也沒什麼置喙的餘地。

簡子芸微笑著，分別準備了幾篇文章要發表，她被活埋超過十二小時，能活著已是萬幸，而且奇蹟式的沒有什麼損傷，就是打點滴休息了幾天，又是一尾活龍。

可能歸功於她的冷靜自制、又或許棺木不如想像的緊密、或她將棺木關節處撬開一公分，說不定還有一部分是因爲「收藏家」過度自信，沒有將土蓋緊，甚至沒有深埋。

總之她活下來了。

「我另外也寫了篇檢討，我想下星期再發，等大家先消化這次事件的經過吧！」康晉翊苦笑一抹，「我覺得這一次大家先入為主的情況太多了，我自己也是。」

「同意。」蔡志友回得很快，「因為扯到認識的人，大家都很激動。」

「關心則亂你有沒有聽過？認識的當然會緊張啊！」小蛙無所謂的聳聳肩，「也不算有錯啦，那個人偶製造師就是個死變態啊！」

「那是另一回事，重點是我們一開始都聚焦在指揮家及人偶製造師……」簡子芸咬了咬唇，「像我自己，就一直認定那個人偶製造師就是收藏家。」

「他是啊。」有社員不解。

「他的確是，但這次有兩個啊！我們卻只集中在一個，而且認為他跟于欣的失蹤有關、覺得他才是盜屍犯，可是結果並不是！」童胤恒明白康晉翊所言，「換句話說，如果今天人偶製造師眞的不是眞凶，我們依然誤會他，小蛙也一樣會闖進他家對吧！」

小蛙沉吟五秒，很乾脆的回答，「對！」

「所以這就是先入為主，因為這樣，才忽略了另一個都市傳說，廖軍哲老師。」康晉翊看著汪聿芃，「幸好有外星人在，不會跟著我們的思維走。」

汪聿芃放空著，不知道有沒有在聽。

「還有那塊白板吧！」簡子芸一直很好奇，「到底是誰寫的？」

所有人提起那塊白板，都快成爲「都市傳說社」的都市傳說了，社團裡眞的沒有紫色的白板筆啊！只是那天他們去化學大樓時門沒上鎖只是掩上，任誰都可以進去的。

爲這種事調監視器，學校根本不會理他們好嗎！

「下一站！」有社員機靈的提醒著，全體學生趕緊起身，數十人陣仗其實也不小。

輕軌站步出後大概十分鐘就能到于欣的靈堂，到了那邊才發現不只是「都市傳說社」，很多學生都來弔唁，規模相當驚人。

一看到于欣的照片，許多人的淚水便忍不住，童胤恒想起他才說過不會懷疑她以後當記者的潛力，但卻再也看不到她成爲記者的一天。

康晉翊也是自責不已，他警告汪聿芃以後跟于欣說話要小心點，卻再也沒有以後了。

蔡志友其實還蠻喜歡于欣的明快，雖是校刊社但因爲跟童子軍是高中同學，非常常到社辦來，大家感情本來就不差，天曉得會發生這種事？

小蛙強忍淚水也無用，抹去淚，想著上一次好好跟她說話是什麼時候？是他從遠得要命社區出來後，因傷住院，于欣明著來採訪，其實是來看他，還帶了「都市傳說集點卡」給他。

而簡子芸，一踏進靈堂就淚如雨下，她與于欣曾被關在同一個地方，一樣在裡頭尖叫求救，一樣抓著棺木上蓋嘶吼，在黑暗中被恐懼侵蝕，不一樣的是，她活下來，而于欣卻死了。

不一樣的是，于欣是因她而死，因爲于欣是「收藏家」爲了保存她的實驗品！

如果不是因爲她，于欣就不會被老師當成實驗品，活埋在地下、棺木之中，感受著極度的恐懼，最後因爲空氣稀薄而死。

妳怪我嗎？簡子芸望著照片泣不成聲，于欣，妳怪我嗎？

「簡子芸！」康晉翊趕緊攙住站不直的她，他們都知道簡子芸有多自責，但這不該是她的錯啊！「這不是妳的錯！」

「是我……就是我……」她嗚呼的低吼著，「她恨我的，她一定很恨我！」

「不恨吧。」正後方的汪聿芃疑惑的開了口，「她不是幫了妳嗎？」

咦？豆大淚水滴在地上的紅毯，簡子芸瞪圓了雙眼。

「簡子芸，她出了聲，讓妳有機會拿刀子記得嗎？」童胤恒也記得這件事。

關於于欣脖子上的錄音機。

那是極爲精巧且價値不菲的新型隱藏式竊聽……好，錄音機，擁有極大容量可以連續錄音七十二小時以上，並且具指紋辨識、藍芽傳輸，甚至擁有簡單的網路功能可以上傳到雲端備份。

但是，棺木裡收訊不好，所以于欣曾嘗試的求救終告失敗。那天收藏家將簡子芸拖離浴室時，錄音機發出了機械的藍芽配對聲，成功的移轉了「收藏家」的注意力，也給了讓簡子芸能逃出浴室，並將蛋糕刀藏進衣服裡，用內衣卡住的機會。

警方後來檢查了那個錄音機，妙的是，于欣設置的明明是靜音模式，操作任何功能都不會發出聲音，包括藍芽配對……這點也是極玄的一點。

但，難道不能當作是于欣眞的出手在幫她嗎？

「幫我……」簡子芸顫抖著，淚眼汪汪的看著前方的照片，「眞的是這樣嗎？」

那天她被拖出去前，的確是失控的朝著屍體求救的！

「是啊，而且後來那些娃娃反撲，不也說是因爲錄音機的頻率，導致娃娃喉嚨裡的擴音器出問題嗎！」汪聿芃再提出佐證。

他們那天站在指揮家的「舞台」上，娃娃喉間發出的尖銳音，就如同麥克風與音響太近時會發出的可怕聲響，鑑識人員是這樣解釋，但是在場親眼看見的警察與他們，都不會忘記曾「回頭」的屍娃。

或許是于欣，也或許是娃娃們的反撲吧！因爲她們明明喊著『救救我！』、

『放我出去！』

「簡子芸，于欣不是那種人，而且這本來就不是妳的錯。」童胤恒上前到她的另一邊，輕拍著她，「我跟于欣高中就同學，我比妳瞭解她。」

眞要不爽也是針對「收藏家」，但是這說到底就是命。

汪聿芃默默的看著靈堂前的于欣，雙手合十，都市傳說的發生總是伴隨著危險與人命，只是沒有人料到，這次賠上的人命會是認識的人。

捻香、祭拜，簡子芸還是得靠著攙扶才能回到一旁的座位上，她覺得她會抱著這份愧疚活下去，總是懊悔著自己爲什麼沒有更細心？更早發現？第一次到訪的娃娃們早就說了：『我們都在等妳耶！』

身爲「大姐姐」，所有娃娃都在等她啊！

她看見的是人偶製造師的娃娃，不知道是當初的她日有所思、先入爲主的潛意識，或是那些用屍體做成的孩童娃娃，同屬於都市傳說的一部分呢？

靈堂裡因爲簡子芸的崩潰哭泣，讓悲傷色彩更加濃厚，相對於照片裡于欣燦爛的笑顏形成了極大的對比。童胤恒懷念著同學，強忍住淚水，他不認爲于欣喜歡這種哭哭啼啼的場面。

汪聿芃也沒落淚，她其實覺得于欣某部分是值得的。

因爲她親自採訪過都市傳說，不是嗎？

沒幾分鐘，令人驚訝的警方代表前來，康晉翊詫異的看著章警官前來上香，儀式完成後，他向家屬致意時，低語了幾句，于欣的母親幾乎要哭倒，但還是頷了首。

「各位，」章警官回身，一一梭巡在場的人士，視線最後停在了簡子芸身上，「這是于欣最後的報導。」

咦？現場詫異的倒抽一口氣，看著章警官拿出那銀色墜子，打開後金屬藍光在銀墜上流線移動，好不美麗。

他回頭，恭敬的朝向于欣致意，將那銀色墜鍊擱上了桌。

「我是于欣，A大校刊社，我現在在棺材裡，是的，我被活埋了。」

天哪！于欣聲音一出，簡子芸幾乎就快崩潰，她掩著嘴，康晉翊不再猶豫的緊抱住她，讓她偎進他懷裡。

童胤恒相當驚訝，這是于欣在棺木裡的留言嗎？

「或許大家會不相信，但我也無法證實，總之我現在被困在這裡……我遇到都市傳說了，就是現在都市傳說社在講的那個收藏家，一個以收集人類屍體爲癖好的變態！他有一整間的屍體娃娃，最少有十具吧？每具穿著高級訂製服、戴假髮跟面具，手腳都纏著有顏色的薄紗，噢，順道一提，我的是紫色。」

「那個變態還有一桌浪漫的下午茶，我不知道屍體是要怎麼吃蛋糕跟喝下午茶，但他很得意，還自以爲有氣質的放德布西的月光。」

月光，童胤恒光聽見歌名就覺得難受，這會成爲他這輩子最討厭的曲子。

汪聿芃無奈的望著他，伸出手緊握著他的手，代表一種加油打氣，有她在嘛！

「我的右手肘被扭斷了，痛得要命，因爲他要我擺出奇怪的跳舞姿勢，其他娃娃也都各有專屬姿勢，但屍體隨便他怎麼折都可以，我不行，所以我痛到尖叫、想辦法逃離，然後被打暈後活埋進棺材裡，因爲他說死人比活人可愛多了……呼……」

傳來大口的呼吸聲，可以感受到于欣的呼吸困難。

「我如果能活著出去，我會做專題報導我的活埋經驗，但如果不行……請大家搞清楚，都市傳說社沒有在亂搞，眞的有都市傳說！不是沒遇到就不存在，我不但看到、遇到、我還親自採訪了都市傳說！」

她知道！蔡志友激動得一顫身子，瞪大了雙眼，于欣在那時就知道廖軍哲老師是「收藏家」了！

她在失蹤前，就是去採訪了老師啊！

「很屌吧，就算初代的都市傳說社，也沒人採……訪……過都市傳說。」于欣冷冷笑著，「我希望這段能夠上傳，聽到的人請快點來找我，那個收集屍體的變態就是廖軍哲老師，你身上那福馬林的味道眞是嗆斃了！」

「還有，你是幾百年前的人啊，你以爲科學是隨便出來學一下就可以的嗎？拜託，福馬林的浸液標本最好有這麼簡單就能防腐徹底，讓你拿出來做娃娃！我就詛咒你，做娃娃一路失敗！失……敗……到底！呼……呼……」

喘氣聲不斷，接著是她低聲的喃喃，「上傳！快點……上……」

接連的大口換氣，然後章警官上前，將墜子關掉。

大家都知道，後面將只是永遠的沉默，因爲于欣應該就此缺氧陷入昏迷，沒有再醒來。

再次聽見親人的聲音，她最後的遺言，讓家屬無法招架得癱軟倒地，泣不成聲，小蛙由衷佩服于欣，在那種情況下還可以做報導！

「于欣最後的報導，很精彩呢！」

童胤恒忍不住朗聲，他無法克制的擠出微笑，閃著淚光的雙眼，激賞的看著前方的照片。

紅色短髮，俏麗自信，散發著光芒的于欣，用那自豪的眼神看著大家，彷彿在說：「那當然。」

「是啊，超精彩的！」康晉翊感同身受，「子芸，她早就知道都市傳說是誰！」

不會怪妳的。

簡子芸依然無法抑制悲傷，但是她想要這份錄音檔，于欣最後的報導。

這樣……汪聿芃低首微笑，可以把這個東西給她了。

汪聿芃突然起身離開座位，在眾人的注目下，將手裡捏著的一張卡片放到桌上，于欣的照片前。

「都市傳說集點卡，我覺得妳也值得有一張。」她泛起笑容，「于欣特製版。」

磚紅色的紙卡，正面印刷特殊字體：「都市傳說集點卡」。

背面沒有格子，只有一個特大印章，佔滿了背面，那是于欣親自遇到的都市傳說。

兩個月前．午後

叩叩。

指節在門上輕敲，好一會兒都沒得到回應。

男人遲疑了幾秒，試著扭動門把，發現並未上鎖，於是小心翼翼的推開。

「哈囉？」

一入眼簾的是茶几與沙發，有點亂，他再把門整個打開，發現裡面似乎是空無一人。

沒人也沒上鎖嗎？

「你好！有人在嗎？」挺拔男子站在門口，隻手扠在褲袋裡，帥氣非常；他再問了一次，不過裡面依然沒有回應。「我進來了喔！」

摘下墨鏡，好看清楚這社團辦公室，是不大，但是挺小巧精緻，電視沙發桌子一應俱全，看看旁邊散落的塑膠椅凳，應該是位子不夠時給訪客坐的……咦？

一回神，看見電視旁那尊假人模特兒，一半有皮膚一半是肌肉束，看起來像是塑膠製品，但其實是貨眞價實的人類，是試衣間的都市傳說中的犧牲品。

「嗨，好久不見！」男人笑了起來，「李彥樺，最近過得好嗎？看來他們把你保護得不錯嘛！」

他禮貌的拍拍假人模特兒的肩頭，視線終於被橫在辦公區與客廳區的白板吸引。

雙手抱胸，看著白板上頭三種不同的字跡，**紅藍綠色**，書寫著關於「收藏家」的線索、特性與各自認爲的關鍵字。

「失蹤的事看來是眞的了。」男人輕咬著鏡架，再仔細的看了一遍，「字這麼亂，心緒應該也很亂。」

留意到白板後還有空間，他輕輕推動白板，看向後面的辦公桌，桌上東西也不少，筆記上看起來都是在研究都市傳說的內容。

聽說副社長簡子芸失蹤了，還沒上新聞，是校友傳出來的，還扯到「收藏家」的都市傳說，以及有位老師聽說已經死亡多日，結果卻在學校任教授課。

這已經超過遇到都市傳說的境界了，親自跟都市傳說對話與生活耶！這一屆的學弟妹不錯嘛！

重新走回白板前，他抽出了口袋裡的紫色白板筆，再一次審慎看過白板上的資訊後，開始圈出重點、連結、以及將重要的提示打上星號。

後退數步，仔細端詳，滿意的蓋上筆蓋。

微微一笑，男人旋過腳跟就要離開。

震動感傳來，他趕緊接起電話，「喂，我在都市傳說社，但沒人在。」

「沒時間了，我就要過去了……我有在白板上提示了！」男人匆匆離去，不忘記得帶上門，「不然妳要怎樣？親自出馬去揍人嗎？」

臨關門前回首再看了一眼白板。

「妳放心好了，不過當局者迷。」

尾聲

蹦蹦蹦蹦，奔跑的足音從外面傳來，幼小的身影在門口來去。

「不要跑！說了不要在走廊上跑喔！」護理師警告著，「你的心臟不能跑啊！」

男孩轉頭看著外頭的身影，有好幾個人在外面玩耍，跑來跑去的，好像很開心。

他再轉向病房裡側，爸爸正拿著手機在打遊戲……又在玩遊戲。

「允？」爸爸抬頭，「怎麼了嗎？想要什麼？」

父親一起身，男孩便驚恐的後退，縮起身子劇烈發抖。

「好好好，不過去，爸爸沒有要過去，我只是站起來……看，沒有要過去。」

父親心疼的看著兒子，「沒有人會再傷害你的。」

男孩望著父親兩秒，再度別過了頭，抱起彎曲的雙膝，下巴靠上，不發一語。

依然拒人於千里之外，從事件發生至今，勉強只有他的媽媽能靠近些，連醫護人員在沒有鎮靜劑的情況下，都無法接觸他、為他治療。

一時大意，讓他的孩子落入變態的手裡，他聽著醫生的驗傷結果，無法想像孩子究竟遭受了多大的痛楚與折磨。

「吃冰好不好？」他問著，男孩亮著雙眼看向他，點了點頭。

「那爸爸去買！」父親忍著哽咽，趕緊走出病房。

騙子。

男孩看著離去的背影，眼神深沉，那個人說……他會遭受那些折磨，就是因爲爸爸只顧著玩遊戲，才害得他被綁在那裡、被打、被割傷、被侵犯……男孩回想起遭遇的一切，忍不住打了個寒顫。

淚水湧出，才抬頭，卻看見一個小男孩站在門口。

男孩看著走進來的小男孩，是在外面跑來跑去的那個人……看起來好小喔，他七歲，這個可能幼稚園吧？

「你怎麼了？」小男孩問著他，「我心臟壞掉了！」

男孩默默看著他，招招手，「來。」

小男孩走了上前，男孩往旁邊挪了個位子，好讓小男孩可以爬上來。

「我全身都受傷。」他撩起衣服，展現那滿滿的疤跟紗巾布。

小男孩驚訝的看著渾身是傷的他，皺起眉頭，「爲什麼？」

「我不知道。」男孩搖了搖頭，回身拿過床邊的水壺，「他說我不乖。」

小男孩根本聽不懂，只覺得眼前的哥哥好可憐。

男孩喝著水，眼神卻冷漠的瞪著小男孩，他正好奇的環顧四周，這個別人的病房。

「你很吵你知道嗎？」

咦？小男孩措手不及，腦門即刻被水壺重擊！

「哇！」小男孩被打到床尾，完全不知所措，還沒哭個兩聲，就看見大哥哥舉著水壺再度砸來，「哇啊！哇——」

「吵死人了！要處罰才會乖是嗎？」男孩拼命打著小男孩，「求我住手！求我！」

「哇啊啊——哇——」小男孩淒厲的放聲大哭，「哇哇——」

護理師聽見哭聲衝入，醫護人員嚇得趕緊從後扣住男孩向後拖，父親剛買完冰就聽見騷動，慌亂的衝了進來，看見的卻是被架住的兒子，還有那滿臉是血、住在隔壁病房的小男孩。

「求我！快點求我——」被拖走的兒子用殘虐的眼神瞪著小男孩，「我是你的主人，聽見了嗎！」

聽見了嗎！

後記

這個大概是我寫過最眞實、並且發生在近代的都市傳說了。

他近代到什麼地步呢？最新的「收藏家」發生在俄羅斯，二〇一一年的事情，距今不到十年前，他是位專家學者，不擅與人交際，到處去挖少女或小女孩的屍體，回家後防腐處理、不成功的屍體會放回去，成功的讓她們穿上美麗的訂製服，用指甲油畫出五官，在嘴巴裡放發聲系統，如此少女可說話可唱歌，而且他還會跟女孩們一起舉辦茶會，甚至會幫她們慶生。

而這位「收藏家」藝術造詣頗高，重新在屍體臉上繪出五官後，像到可以讓死者父母認出——他們應該躺在地底的女兒，怎麼好像是這位變態的其中一尊娃娃？

相關資料其實上網Google就可以查到，包括那些屍體與娃娃的照片，Youtube影片也有，並不會很可怕，但稱不上舒服就是了。

廣義的「收藏家」其實還不少，有許多人眞的就是戀屍，過去較爲人知的是一位男士瘋狂迷戀某位女子，後來那名女子年紀輕輕便意外去世後，他便把屍體偷出來，層層防腐，多次處理，讓這位女屍成爲他的妻子，兩個人過著幸福快樂的生活。

一直到多年後被發現，女子家人看到她的屍身被糟蹋成那樣自然氣忿不已，重新下葬，而這位男士依然此生只愛她一個，忠貞不渝！

以上都是眞實事件，甚至說這次許多例子或情節，幾乎有九成以上都是眞實的，包括虐待小孩子、剝皮、乳首皮帶那些全都是眞實案件，每位「收藏家」對於屍體有不同的癖好，所以製作的東西也不盡相同，有娃娃、有皮帶、有皮衣、有項鍊，還有許多千奇百怪的物品，也有簡單的將斷肢放進玻璃甕裡當裝飾品的。

而這類「收藏家」最恐怖的（我覺得行徑還次之）——在於他們「平和的日常」。

他們是老實人、老好人，與世無爭，待人和善，可以是普通白領，可以是優秀人才，也可以是學者專家，就住在你家隔壁，或是樓下樓上，每天見面都會禮貌的打招呼，就是個親切的普通人。

但是你不知道在他家裡有幾具屍體、或是幾個飽受凌虐的活人奄奄一息的等待救援，也可能某一天他打算朝鄰居下手……

這種威脅在身邊卻無所覺的危機，才是最令人毛骨悚然的啊！

雖然「收藏家」算是冷門的都市傳說，但其實一直在發生，世界各地、每一代都有特別的收藏家，我也認爲我們周遭說不定也有，只是沒有被發現而已。

本次故事裡都是主角群親身經歷，都市傳說社亦有許多困境，我還是覺得如果現實生活中有都市傳說社這種社團，會被圍剿的吧？如果你們學校眞的有一個社團，信誓旦旦的說他們遇到裂嘴女、還親自摸到過聖誕老人，你們眞的會相信嗎？

至於結尾……我相信看完會有點淡淡的惆悵，這莫不是一種「傳承」，或許上一個「收藏家」，透過這個過程，傳承下去了也不一定啊……

最後，希望不管你是爸爸媽媽哥哥姊姊阿公阿嬤，如果帶小朋友出去，眞的不要顧著滑手機，小孩不見就在眨眼間；如果幫忙看顧東西，一樣也專注的看著物品或拿著，因爲小偷動手，一秒就能成功啊！

停個幾分鐘不滑手機不會很難啦！

最後，由衷感謝購買本書的您們，購書是對作者最直接有效的支持方式，因爲您們，創作者才有機會繼續寫下去！謝謝！

笭菁

境外之城 081

都市傳說 第二部5：收藏家

作　　者／笭菁
企畫選書人／張世國
責 任 編 輯／張世國
發　行　人／何飛鵬
副 總 編 輯／王雪莉
業 務 經 理／李振東
業 務 主 任／范光杰
資深行銷企劃／周丹蘋
資深版權專員／許儀盈
版權行政暨數位業務專員／陳玉鈴
法 律 顧 問／元禾法律事務所　王子文律師
出版／奇幻基地出版
城邦文化事業股份有限公司
台北市 104 民生東路二段 141 號 8 樓
電話：(02)25007008　傳眞：(02)25027676
網址：www.ffoundation.com.tw
e-mail：ffoundation@cite.com.tw
發行／英屬蓋曼群島商家庭傳媒股份有限公司城邦分公司
台北市 104 民生東路二段 141 號11 樓
書虫客服服務專線：(02)25007718・(02)25007719
24 小時傳眞服務：(02)25170999・(02)25001991
服務時間：週一至週五09:30-12:00・13:30-17:00
郵撥帳號：19863813　戶名：書虫股份有限公司
讀者服務信箱 E-mail：service@readingclub.com.tw
歡迎光臨城邦讀書花園 網址：www.cite.com.tw
香港發行所／城邦（香港）出版集團有限公司
香港灣仔駱克道 193 號東超商業中心 1 樓
電話：(852) 2508-6231 傳眞：(852) 2578-9337
馬新發行所／城邦（馬新）出版集團
【Cite(M)Sdn. Bhd.(458372U)】
11, Jalan 30D/146, Desa Tasik,
Sungai Besi, 57000 Kuala Lumpur, Malaysia.
電話：(603) 90578822　傳眞：(603) 90576622

封面內頁插畫／豆花
封面設計／宇陸視覺工作室
排　　版／極翔企業有限公司
印　　刷／高典印刷有限公司
■2018 年（民 107）5月3日初版一刷
■2024 年（民 113）3月14日初版11刷
售價／300元

國家圖書館出版品預行編目資料

都市傳說 第二部 5：收藏家 / 笭菁著.--初版.--台北市：奇幻基地出版；家庭傳媒城邦分公司發行；2018.05（民107.05）
面：公分.－（境外之城：81）
ISBN 978-986-96318-0-8（平裝）

857.7　　107005473

ISBN 978-986-96318-0-8
Printed in Taiwan.

※ 本故事內容純屬虛構，如有雷同，純屬巧合。

廣　告　回　函
北區郵政管理登記證
台北廣字第000791號
郵資已付，免貼郵票

104台北市民生東路二段141號11樓

英屬蓋曼群島商家庭傳媒股份有限公司城邦分公司 收

請沿虛線對摺，謝謝

奇幻基地

每個人都有一本奇幻文學的啓蒙書

奇幻基地官網：http://www.ffoundation.com.tw
奇幻基地粉絲團：http://www.facebook.com/ffoundation

書號：**1HO081**　　書名：都市傳說　第二部5：收藏家

請於此處用膠水黏貼

奇幻基地

讀者回函卡

謝謝您購買我們出版的書籍！請費心填寫此回函卡，我們將不定期寄上城邦集團最新的出版訊息。

姓名：＿＿＿＿＿＿＿＿＿＿＿＿＿＿＿＿ 性別：□男 □女

生日：西元＿＿＿＿＿年＿＿＿＿＿月＿＿＿＿＿日

地址：＿＿＿＿＿＿＿＿＿＿＿＿＿＿＿＿＿＿＿＿

聯絡電話：＿＿＿＿＿＿＿＿＿＿傳真：＿＿＿＿＿＿＿＿＿＿

E-mail ：＿＿＿＿＿＿＿＿＿＿＿＿＿＿＿＿＿＿＿＿

學歷：□ 1.小學 □ 2.國中 □ 3.高中 □ 4.大專 □ 5.研究所以上

職業：□ 1.學生 □ 2.軍公教 □ 3.服務 □ 4.金融 □ 5.製造 □ 6.資訊

□ 7.傳播 □ 8.自由業 □ 9.農漁牧 □ 10.家管 □ 11.退休

□ 12.其他＿＿＿＿＿＿＿＿＿＿＿＿＿＿＿＿

您從何種方式得知本書消息？

□ 1.書店 □ 2.網路 □ 3.報紙 □ 4.雜誌 □ 5.廣播 □ 6.電視

□ 7.親友推薦 □ 8.其他＿＿＿＿＿＿＿＿＿＿＿＿

您通常以何種方式購書？

□ 1.書店 □ 2.網路 □ 3.傳真訂購 □ 4.郵局劃撥 □ 5.其他

您購買本書的原因是（單選）

□ 1.封面吸引人 □ 2.內容豐富 □ 3.價格合理

您喜歡以下哪一種類型的書籍？（可複選）

□ 1.科幻 □ 2.魔法奇幻 □ 3.恐怖 □ 4.偵探推理

□ 5.實用類型工具書籍

您是否為奇幻基地網站會員？

□ 1.是□ 2.否（若您非奇幻基地會員，歡迎您上網免費加入，可享有奇幻基地網站線上購書75 折，以及不定時優惠活動：http://www.ffoundation.com.tw/）

對我們的建議：＿＿＿＿＿＿＿＿＿＿＿＿＿＿＿＿＿＿＿＿

＿＿＿＿＿＿＿＿＿＿＿＿＿＿＿＿＿＿＿＿

＿＿＿＿＿＿＿＿＿＿＿＿＿＿＿＿＿＿＿＿

請於此處用膠水黏貼